文春文庫

捨《すて》雛《びな》ノ川《かわ》

居眠り磐音（十八）決定版

佐伯泰英

目次

「居眠り磐音」

主な登場人物

坂崎磐音《さかざきいわね》

元豊後関前藩士の浪人。藩の剣道場、神伝一刀流の中戸道場を経て、江戸の佐々木道場で剣術修行をした剣の達人。

おこん

磐音が暮らす長屋の大家・金兵衛の娘。今津屋の奥向き女中。磐音と結婚の約束を交わした。

小林奈緒《こばやしなお》

磐音の幼馴染みで許婚《いいなずけ》だった。小林家廃絶後、江戸・吉原で花魁《おいらん》・白鶴《はつかく》となる。前田屋内蔵助に落籍され、山形へと旅立った。

坂崎正睦《さかざきまさよし》

磐音の父。豊後関前藩の藩主福坂実高《ふくさかさねたか》のもと、国家老を務める。

幸吉《こうきち》

深川・唐傘《からかさ》長屋の叩き大工磯次《いそじ》の長男。鰻屋「宮戸川」に奉公。

今津屋吉右衛門《いまづやきちえもん》

両国西広小路に両替商を構える商人。お佐紀《さき》と再婚した。

由蔵《よしぞう》

今津屋の老分番頭。

佐々木《ささき》玲圓《れいえん》　神保小路に直心影流の剣術道場・佐々木道場を構える磐音の師。

速水《はやみ》左近《さこん》　将軍近侍の御側衆。佐々木玲圓の剣友。

本多《ほんだ》鐘四郎《かねしろう》　佐々木道場の住み込み師範。磐音の兄弟子。

松平《まつだいら》辰平《たつぺい》　佐々木道場の住み込み門弟。父は旗本・松平喜内《きない》。

重富《しげとみ》利次郎《としじろう》　佐々木道場の住み込み門弟。土佐高知藩山内家の家臣。

品川《しながわ》柳次郎《りゅうじろう》　北割下水の拝領屋敷に住む貧乏御家人の次男坊。母は幾代《いくよ》。

竹村《たけむら》武左衛門《ぶざえもん》　南割下水吉岡町の長屋に住む浪人。妻・勢津《せつ》と四人の子持ち。

笹塚《ささづか》孫一《まごいち》　南町奉行所の年番方与力。

木下《きのした》一郎太《いちろうた》　南町奉行所の定廻り同心。

竹蔵《たけぞう》　そば屋「地蔵蕎麦」を営む一方、南町奉行所の十手を預かる。

桂川《かつらがわ》甫周《ほしゅう》国瑞《くにあきら》　幕府御典医。将軍の脈を診る桂川家の四代目。

中川《なかがわ》淳庵《じゅんあん》　若狭小浜藩の蘭医。医学書『ターヘル・アナトミア』を翻訳。

四郎兵衛《しろべえ》　吉原会所の頭取《かしら》。

『居眠り磐音』江戸地図

新吉原
山谷堀
寛永寺
上野
下谷車坂町
下谷広小路
浅草
待乳山聖天社
今戸橋
向島
金龍山 浅草寺
業平橋
吾妻橋
品川家
十間川
首尾の松
北割下水
今津屋
本所
天神橋
法恩寺橋
新シ橋
竹村家
柳原土手
両国橋
南割下水
横川
金的銀的
長崎屋
竪川
薬研堀
大川
鰻処宮戸川
六間堀
若狭屋
猿子橋
鎧河岸
小名木川
日本橋川
本橋
新大橋
鎧ノ渡し
深川
金兵衛長屋
霊岸島
八丁堀
仙台堀
永代橋
永代寺
鉄砲洲
富岡八幡宮
佃島
越中島

護国寺
面影橋
中山道
日光御成街道
小石川
伝通院
本郷
牛込
豊後関前藩
上屋敷
湯島天
神田川
神田明
牛込御門
佐々木道場
表猿楽町
駿河台
田安御門
市谷八幡宮
神保小路
昌平橋
内藤新宿
市谷御門
四谷
江戸城
麹町
四谷御門
大手御門
平川天満宮
馬場先御門
鍛冶橋御門
南町奉行所
数寄屋橋御門
溜池
原宿
愛宕権現
増上寺
芝
渋谷
麻布広尾町

本書は『居眠り磐音 江戸双紙 捨雛ノ川』（二〇〇六年六月 双葉文庫刊）に
著者が加筆修正した「決定版」です。

編集協力　澤島優子
地図制作　木村弥世
DTP制作　ジェイ エスキューブ

捨雛ノ川

居眠り磐音（十八）決定版

第一章　土中の甕

一

安永《あんえい》五年（一七七六）も残り数日、坂崎磐音《さかざきいわね》らは丹波《たんば》亀山《かめやま》藩松平家の東門を出ると、神保小路《じんぼうこうじ》に佐々木《さ さ き》道場改築工事の進捗《しんちょく》具合を見に行った。屋根の一部が剝《は》がされた道場の真ん中辺りに数人の職人衆が集まっていた。床板が剝がされ、根《ね》太《だ》が取り替えられる作業が、このところ続いていた。

「これに床板が張られると広うございますね」

痩《や》せ軍鶏《しゃも》こと松平辰平《まつだいらたつぺい》が声を張り上げた。

佐々木道場では門弟が増え、道場が手狭になったので、玲圓《れいえん》が増改築を決意した。剣友の速水《はやみ》左近《さこん》、今津屋《いまづや》吉右衛門《きちえもん》らの助成でなんとか千両に近い改築費用も集まり、ひと月前に普請《ふしん》が始まっていた。

「完成するのはいつのことですか」

でぶ軍鶏こと重富利次郎《しげとみとしじろう》が住み込み師範の本多鐘四郎《ほんだかねしろう》に催促するように訊いた。

「春先のことと聞いたが、この分ではだいぶかかりそうだな。なんでも根太が想像以上に傷《いた》んでおって、土台工事もやり直すと聞いたからな」

「一月二月《ひとつきふたつき》遅れたとて大したことではありますまい。それより玲圓先生の意に適《かな》った道場が完成することが大事です」

磐音の言葉に鐘四郎が頷《うなず》き、

「われら、亀山藩の道場をお借りしてなんの不都合もない身ゆえな」

と応じた。

速水の口利《くちき》きで亀山藩松平家江戸屋敷の道場を借り受けて、亀山藩士と佐々木道場の門弟らが一緒に稽古《けいこ》をしていた。

松平家の家臣にとっても江戸で名高き直心影《じきしんかげ》流佐々木玲圓の指導する一門と稽古ができるのは刺激らしく、近頃では毎朝の稽古に何十人もの家臣が加わった。

澄み切った空を糸の切れた凧《たこ》が風に乗って飛んでいた。

「もうすぐ正月ですよ」

と利次郎が舞い上がる凧を目で追った。

磐音は凧が飛ぶ空から普請場に目を戻した。すると職人衆の間から、

「なにか見えてきたぞ」

「大きな甕《かめ》のようだぜ」

「古いな、骸《むくろ》でも入ってんじゃねえか」

などという声が聞こえてきた。

その声につられて磐音たちも根太を伝ってその場に行った。

「どうしたな」

師範の鐘四郎が声をかけた。

「見てみなせえ、古甕が顔を覗《のぞ》かせた」

磐音らが大工の棟梁《とうりよう》、銀五郎《ぎんごろう》親方の指す地面の一角を覗くと、そこには四尺四方の穴が開けられ、かたわらの地面に両手で抱えるほど大きな石がいくつも転がっていた。

「土台石でもねえ石が見えたんで、掘り起こしてみると、地面三尺下に甕が埋められてたってわけだ」

「佐々木家の御先祖が埋められたものかな」

鐘四郎の言葉に門弟の一人が佐々木玲圓の住む母屋に走り、師を呼んできた。その間にも甕の周りの土が掘り下げられた。

「ほう、そのようなものが出て参ったか」

玲圓も興味津々に覗き込み、

「わが先祖がこの地に住み始めたのは慶長《けいちょう》年間（一五九六～一六一五）と聞いておるが、なんぞ埋めたという言い伝えは知らぬな」

と首を傾《かし》げた。

佐々木家は三河《みかわ》以来、徳川家に仕えてきた家柄だ。

正徳《しょうとく》年間（一七一一～一六）に幕臣を辞したとき、幕府は佐々木家にこの神保小路の拝領地を譲り、抱え屋敷とさせていた。長年の功績を鑑《かんが》みたか、この異例の措置に佐々木家が禄《ろく》を離れざるをえなかった理由が隠されていると思えた。だが、玲圓はその真相を伝えられてはいなかった。

一つだけ言えることは、その後も佐々木家がこの地で剣術を教えながら、幕府と友好的に相協力して生きてきたという事実だ。

先の日光社参に際し、西の丸（徳川家基）を密《ひそ》かに日光に参拝させよという将軍家治の命を受け、家基の秘密の道中が策されたが、その折り、佐々木玲圓は家基の護衛の一人として、陰になり日向《ひなた》になって同道していた。これだけを見ても、徳川家と佐々木家の深い主従関係が窺《うかが》えた。

「とにかく甕を上げてみよ」

若い門弟たちも手伝い、道場のほぼ真ん中辺に埋められていた古甕を取り出す作業が再開され、夕刻まで続いた。

結果、高さ四尺径三尺五寸の大甕と、高さ一尺余りの甕の二つが掘り起こされ、夕暮れの光にその姿を晒《さら》した。

「小さなほうは底に罅《ひび》が入り、そこから水が染みてますねえ」

銀五郎が割れ目を指した。

大甕のほうは一見傷はないように思えた。皿のような形をした蓋《ふた》の径は一尺ほどで、甕と蓋の境には漆喰《しっくい》のようなものが詰め込まれていた。

「玲圓先生、どうします」

銀五郎が訊いた。

「開けてみよ」

「へえっ」

二つの甕の周りに二十人余りの門弟や職人たちが集まり、その監視の中で小さな甕の蓋を開けようとすると、長年土中に眠っていた甕は外気に晒されたせいか、腰が抜けたように崩れ落ちてしまった。

「かなり長い年月土中に埋まっていたようでございますね」

銀五郎が言い、割れた破片を取り除いて、中になにが入っているかを調べた。すると腐った布片が絡《から》んだ塊が出てきた。

「昔の銭のようですぜ」

水が入ったせいで穴開きの銭は腐食し、ひと塊に固まっていた。その一枚を親方が強引に剝がすと、緑青《ろくしょう》を吹いた銭がなんとか取れた。

銭が玲圓の手に渡された。

西に傾いた光に翳《かざ》していた玲圓が、

「江戸の銭とも違うな。足利《あしかが》将軍家の世以前に唐より入ってきた開元通寶《かいげんつうほう》のようだな」

「唐の貨幣にございますか」

鐘四郎が驚きの声を上げた。

「わが国で鋳造された銭貨が広く流通するようになったのは天文《てんぶん》(一五三二〜五五)頃だと聞いた。足利家の時代も終わりの頃だ。それ以前は唐の開元通寶をは

じめ、北宋《ほくそう》銭、南宋《なんそう》銭、遼《りょう》、金《きん》、安南《あんなん》などから齎《もたら》された異国の銭貨を充《あ》てていた
そうな。これもその頃の銭と思えるな」
「と、おっしゃいますと、佐々木家がこの地に居を構える以前に埋められたもの
にございますか」
鐘四郎が玲圓に問うた。
「銭から推量いたさばそう考えられる」
今度は大甕の蓋が慎重に外された。中を覗いていた銀五郎が、
「湿った臭《にお》いがしますぜ、先生。こっちも、水が入り込んだかもしれませんね」
細長い木箱や、四角の漆塗《うるしぬ》りの箱がいくつか取り出された。だが、大半は水を
被《かぶ》り、色も形も判然としない品々に変わり、かろうじて狩衣《かりぎぬ》や筆記用具と推測さ
れるものがあった。
細長い木箱も腐食し、水が中に入ったことを示していた。
「坂崎、木箱の蓋をそっと開けてみよ」
玲圓に命じられた磐音が慎重な手付きで蓋を開けると、錦《にしき》の古裂《こぎれ》に入った大小
二振りの太刀《たち》が姿を見せた。
「なんと、わが道場の地中から太刀が出て参ったか」

「先生、これは瑞兆《ずいちょう》の証《あかし》にございますぞ」

と鐘四郎が言い、甕の中を覗き込んだ。

「もはやなにもございませぬな」

「ならばわが屋敷に場を移し、太刀や箱などを検分いたすか」

職人たちをその場に残し、玲圓を先頭に十数人の門弟たちがぞろぞろと佐々木家の居宅に向かった。

「これはまた賑《にぎ》やかに、なんでございますな」

内儀《ないぎ》のおえいが驚きの声を上げた。

「おえい様、道場の下からこのようなものが出て参ったのです」

鐘四郎が磐音の捧げ持つ二振りの太刀袋を指した。

「湿気臭うございますな」

「なにしろ長年にわたり地中に埋もれていたものだ。湿気臭いくらい致し方あるまい」

「出てきたのはこれだけでございますか」

「いや、古き銭やら衣服やらが一緒に埋まっていたが、損傷が酷《ひど》くてこちらに運んではこられぬ。あとでそれがしが調べる」

磐音が運んできた大小二振りの太刀は、袋に入ったまま佐々木家の神棚の前に置かれ、全員で地中から戻った礼を神前になした。

畳の上に古びた畳紙《たとうがみ》が広げられ、大小二振りの太刀が置かれて、玲圓がまず太刀の紐《ひも》を解《ほど》いた。だが、劣化した編み紐はぼろぼろと切れた。錦の古裂の口をゆっくりと開き、中から太刀を取り出した。

おおおっ！

というどよめきがその場に起こった。

太刀拵《ごしら》えの装具は傷んでいたが、豪奢《ごうしゃ》な造りが窺えたからだ。

玲圓は拵えを慎重に鑑定すると、気を鎮めるためか、束《つか》の間瞑目《めいもく》して両眼を見開いた。ゆっくりと、鞘《さや》から太刀が抜かれた。ざらざらと鞘の内側に当たる音がして、錆《さ》びた刀身が姿を見せた。

「やはり水が入ったか」

刃渡り二尺五寸余は鎬造《しのぎづくり》で、庵棟《いおりむね》、鎬幅は狭く腰反《こしぞ》りが高かった。

「なんと優美な造りかな」

玲圓が嘆声を上げた。

「先生、研ぎに出せば往時の美しさを取り戻すのではございませんか」

鐘四郎が興奮の体《てい》で言った。

玲圓はそれには答えず、太刀を鞘のかたわらに寝かせ、いま一つの錦の古裂から短刀を取り出した。こちらは玲圓が鞘から抜こうとしたが、抜けなかった。玲圓は無理をしなかった。

「先生、研ぎ師に頼みましょう」

鐘四郎が急《せ》き込んだ。

「本多、わが屋敷から出て参ったが、わが先祖が埋めたものとも思えぬ。しかるべき役所に、このようなものが出たと届けるのが筋であろう」

「とおっしゃっても、佐々木家は幕臣ではございませんし、町奉行所支配下でもございません。となると大目付か、町方か、あるいは別の役所か、どちらへ届けを出せばよいのですか」

「明日にも速水様に、相談申し上げようか」

磐音も長い年月を経て日の目を見た太刀の出現になんとなく気持ちが高揚していた。そんな気持ちを抱いて、神保小路から米沢町の両替商今津屋に立ち寄った。

「このような刻限に珍しゅうございますな」

と目敏《めざと》く磐音の姿を認めた老分《ろうぶん》番頭の由蔵《よしぞう》が言った。

「佐々木道場の普請場から太刀が現れまして、その検分に立ち会い、遅い時分になりました」

「ほう、それは面白そうな話ですな」

と由蔵は帳場格子《ごうし》の中から立ち上がった。

安永五年も残り少なくなり、両替商の店頭は連日客で賑わいを見せていたが、さすがに暖簾《のれん》を下ろす刻限ゆえ、客は明日の釣銭を交換に来た小店《こだな》の手代くらいだ。

磐音とおこんが越後《えちご》との国境、上州《じょうしゅう》法師《ほうし》の湯から戻ってかれこれひと月が過ぎようとしていた。

湯治保養を終えたおこんは昔どおりの、いや、どこかしっとりとした落ち着きを漂わす心身になって今津屋の奉公に復帰していた。

そのことを吉右衛門とお佐紀《さき》の主《あるじ》夫婦も、由蔵ら奉公人も喜んでくれた。

「坂崎様、ようもおこんを元気にしてくださいました」

と吉右衛門に礼を述べられ、由蔵も、

「大役ご苦労にございました。これで金兵衛《きんべえ》さんも今津屋もまずはひと安心といったところです」

と感謝の言葉を口にした。

大役を果たしたという実感は磐音にはさらさらなかった。おこんと新たな交わりを持ったせいで互いを大事に思う心が深まり、磐音自身もおこんを思うと心が鎮まった。

六間湯で会った金兵衛は、

「坂崎さん、おこんが昨夜《ゆうべ》顔出ししましたがな、もうこれで安心だ。ありゃ、新《しん》造《ぞう》の顔をしていますよ」

と直截《ちょくせつ》な言い方で保養の効果を表現し、

「末永くお願いしますよ」

と語を継いだ。

磐音は答える術《すべ》を知らなかった。

ともあれ、今津屋吉右衛門をはじめ、金兵衛の信頼に応《こた》えるためにも、これからが肝心だと肝《きも》に銘じていた。

広い台所に行くと、おこんが夕餉《ゆうげ》の仕度の陣頭指揮をしていた。

「あら、こんな刻限に」

とおこんが磐音を見た。喜びを抑えた顔が、

（なんとも初々しい）

と由蔵には映った。

法師の湯から戻ったおこんは瑣事《さじ》にこだわらず、一歩引いて物事を見詰めるような余裕を得ていた。かといって、細かいところの気配りを忘れたわけではない。

（人間がひと回り大きくなった）

それが偽らざる由蔵の感想だった。

「佐々木道場の普請場の地中から古い甕が出てきて、検分をしておったのだ」

「宝物でも出てきたの」

「大半が水を被り、傷みと腐食が激しいが、二振りの太刀と短刀は研ぎを為《な》せば蘇《よみがえ》るやもしれぬ」

「刀が出たので興奮しているのね」

おこんは当てが外れたという顔をした。

「おこんさん、武家方の屋敷から太刀が出てくるのは瑞兆の証ですよ。玲圓先生のこたびの改築を寿《ことほ》ぐ印です」

と由蔵が言った。

「小さな甕には、唐から渡ってきた開元通寶などかなりの古銭が詰まっていたが、どれも腐食しておりました」

「開元通寶といえば、足利将軍家の御世以前に流通した銭貨ですな。腐食しているとなると価値はございませんが、埋められた品の時代が推量できるかもしれません」

「先生は江戸に幕府が開かれる以前と推測されたが、明日にも速水様にご相談なされて、しかるべき役所に届けると言うておられました」

「玲圓先生らしい律儀《りちぎ》さにございますな」

と由蔵が答えたところに、奥からおそめが戻ってきた。

「坂崎様、いらっしゃいませ」

と挨拶《あいさつ》するおそめの体付きが一段としっかりしたように思えた。ということは、おそめが今津屋を離れて、呉服町の縫箔《ぬいはく》屋江三郎《こうざぶろう》親方のもとに修業に出る日が近いということだ。

「旦那《だんな》様が坂崎様のおいでを知り、よろしければ一緒に夕餉を食しながらお話ししたいと言っておられます」

　奉公人のだれかが磐音の到来を告げたようだ。

「それがしは構わぬが」

と答える磐音に、

「なら老分さんの膳《ぜん》と一緒に奥へ運ぶわね」

とおこんが言った。

火鉢の炭が赤々と燃える奥座敷で、吉右衛門は伊勢暦《いせごよみ》を広げていた。かたわらには新妻のお佐紀がいた。

「坂崎様がお見えになるとすぐに奥まで気配が伝わってきます」

「ことさら賑々《にぎにぎ》しくしているわけではござらぬが、お騒がせいたして恐縮です」

「いえ、そうではございません。坂崎様の温かなお人柄が自然と伝わってくるのです」

「本日はいささか興奮していたやもしれません」

「ほう、なんですな」

磐音は佐々木道場の普請場から現れた二荷の甕について語った。

「それはまたなんとも目出度《めでた》きお話ではございませんか」

と答えた吉右衛門が、

「佐々木道場のある神保小路界隈《かいわい》は、徳川様の江戸入り直後からの武家地にございますので、それ以後にそのようなものを埋めたとも思えません。おそらくそれ以前のことでございましょう」

「となると、辺りは薄《すすき》か茅《かや》の野にございましたか」

「太刀を甕に入れて埋めるような里人が住んでいたとも思えません。野盗どもがどこぞで盗んできた品々を埋めましたか」

「佐々木先生もそのことを気になされて、役所に相談すると言うておられました」

「いずれにしてもその品々、佐々木家のものとなりましょう。幕府開闢《かいびゃく》以前の話ですからな」

と吉右衛門が答えたところに、由蔵がこの日の商いの報告に来て、話はそれで終わった。

「なにか御用がおありでしたか」

磐音が訊いた。

「つい忘れるところでした。いえね、おそめのことです」

「おそめちゃんがどうかしましたか」

「うちでの奉公は、おそめの体ができるまでの一時預かりでしたな」

「いかにもさようにございます」

「お佐紀が、おそめのようなしっかりした娘は、金《かね》の草鞋《わらじ》を履いて探してもなかなかおらぬというのです。もしおそめさえその気ならば、今津屋に永奉公をして、然《しか》るべき時にうちから嫁に出せぬものかと思うたのです」

吉右衛門の言葉に磐音は内心、

（いよいよその時が来たか）

と思った。

「おそめを預かり、年が明ければ早一年です」

と由蔵も言葉を添えた。

「おそめはどのように考えておりますか、おこんにも訊きましたが、当人は迷っているのではという答えでした」

これが吉右衛門の用事だった。

「おこんさんが言うたように、当人は縫箔屋に職人奉公に出るか、このまま今津屋さんで奉公を続けるか、小さな胸を痛めておりましょう。おそめちゃんにとって生涯の決断にござるゆえ、なかなか答えは出ますまい」

と答えた磐音は、

「近々おこんさんと一緒に、正直な胸の中《うち》をおそめちゃんに聞いてみましょう」

「坂崎様、早いほうがいいかもしれませぬな。その折りは店の外がようございましょう」

と由蔵が幼いおそめの心中を慮《おもんぱか》って言った。

二

翌日、磐音は亀山藩の道場で稽古を終えると、佐々木道場の改築普請場に駆け付けた。するとそこにはおこんとおそめの姿があって、地中から掘り出された古甕を見ていた。むろん甕の中のものはすでに取り出されている。

「これが埋まっていたのね」

「さよう」

と答えた磐音は、

「今、道場で聞いた話だが、甕の底を丁寧《ていねい》に探ったところ、天文二十一年（一五五二）と読み取れる、腐りかけた木片が出てきたとか。これで今から二百二十余年も前に埋められたと推測される裏付けが現れたことになる。佐々木先生と本多様が土中から出た品々を速水邸に持参なされて、処置を願うているそうだ」

と二人に説明した。

だが、年代が書かれた木片が出てきたからといって、稽古を休んでまで玲圓と鐘四郎が速水邸に駆け付けた理由が、磐音には今ひとつ理解がつかなかった。

おそめは興味深そうに大甕を眺めていたが、

「本日は坂崎様の御用とか」

と磐音に顔を向けた。

「この一年、おそめちゃんはよう働いたでな、本日は褒美《ほうび》に昼餉《ひるげ》を馳走《ちそう》しようと思うたのだ」

おそめが真ん丸い目をさらに見開いた。押し詰まった年の瀬にどうしたことだろうという不審の色が漂った。

「私にご馳走するために、おこんさんと一緒に呼び出されたのですか」

「迷惑か」

「いえ、迷惑だなんて」

おそめは曖昧《あいまい》に否定した。

「時に外で食すのもよかろう」

磐音は神保小路を出ると、武家屋敷が並ぶ界隈を抜けて、表猿楽町《おもてさるがくちょう》から駿河台《するがだい》下、さらには昌平橋を渡り、まず神田明神へと二人を案内した。

おこんとおそめが肩を並べて明神様の拝殿で拝礼する様は、美人姉妹のように思えた。実際、参詣《さんけい》の人が、

「ありゃ、今小町と評判の今津屋のおこんさんだが、おこんさんに妹がいたかい」

「そんな話は聞いてないがねえ」

「幼いほうも、おこんさんに負けねえ美形に育つぜ。この辺でこの寅八《とらはち》が唾《つば》をつけとくか」

「ぬかせ。寅には内藤新宿の食売《めしもり》が似合いだよ」

などと声高の声が磐音の耳に届いた。

「私、神田明神にお参りするのは初めてです」

おそめがおこんに言う。

「深川育ちだから、こちらには縁がないわよね」

「さて、参ろうか」

神田明神下の料理茶屋一遊庵にはすでに軒に松飾りがあった。

「おや、今日は綺麗《きれい》なお嬢さんをお二人もお連れになって」

とおかちが迎えた。

「年の瀬でどうかと思うたが、寄せてもろうた。なんぞ美味《おい》しいものを、おこんさんとおそめちゃんに馳走してくれぬか」

「承知しました」

三人は小座敷に案内されて向かい合うように座った。

「三人でこんなふうに座るなんて、縫箔屋の江三郎親方のところからの帰り以来だわ」

おこんの言葉に、おそめがはっとしたような表情を浮かべた。が、胸に走った思いを口にすることはなかった。

「ここは中川《なかがわ》さんに教えてもろうた店でな、気に入ったので時に来たくなるのじゃ」

「坂崎様、なにかお話があるのではございませんか」

おそめが顔を上げた。

「食べた後にと思うたが、おそめちゃんに尋ねられたゆえ先に話そう」

磐音が言うとおこんが小さく頷いた。

「私の奉公のことですね」

「そうじゃ。今津屋どのから相談を受けた」

やはり、という顔でおそめが首肯した。

「今津屋ではおそめちゃんの奉公ぶりが気に入っておってな、特にお内儀のお佐紀どのはできることなら今津屋で奉公させて今津屋から嫁に出したいと願うておられる。むろんおそめちゃんが縫箔屋の江三郎親方のところに奉公に出て、一人前の職人になりたいという願いを持っておることを重々承知の上だ。お佐紀どのは、もしやおそめちゃんが心変わりしたのではと一縷《いちる》の望みを持ってのことなのじゃ」

「有難いお言葉にございます。そめには勿体《もったい》のうございます」

おそめの言葉遣いは、今津屋に奉公して実に丁寧な、いや丁寧すぎるほどに上達していた。

「坂崎さんと私が、おそめちゃんの正直な気持ちを訊こうと外に連れ出したの。今津屋の方々に気兼ねすることなく、遠慮なく胸の中を明かして。坂崎さんは、きっとおそめちゃんの願いを聞き届けてくれると思うわ」

おこんの口添えにおそめが大きく頷き、それでも胸の中の考えを整理するように沈黙していたが、

「坂崎様、おこんさん、有難うございます」

　とまず礼を述べた。

「われらの間に礼の言葉など無用じゃ。正直な気持ちを言うてもらいたい」

「迷っております。まさか奉公がこれほど楽しいものだなんて考えもしませんでした。毎日毎日が驚くことばかりでした。それに旦那様をはじめ、老分番頭の由蔵さん、おこんさんと、よい方に恵まれました。その上、お佐紀様のお人柄に接したとき、私の胸は騒ぎました。お佐紀様のもとでひととおりのことを教えてもらいながら奉公するのも一つの道かと、勝手なことを考えたのも確かです」

　今度は磐音が頷く。

「こちらには、うちのことも幸吉《こうきち》さんのことも承知の坂崎様がおられます。どれほど心強いことか。いつぞやおっ母さんも、おそめ、このまま今津屋さんに奉公できないのかい、と洩《も》らしたこともありました」

「ほう、そんなことがあったか」

「ですが、私……」

　と言ったおそめが泣きそうな顔を見せた。

「われらは深川で縁《えにし》をともにする仲間じゃ。隠さずともよい、おそめちゃんの気持ちを包み隠さず言うてくれ」

「お言葉に甘えて申し上げます。私は、苦しくとも厳しくとも一人前の職人になりとうございます」

「おそめちゃんの気持ちは分かった。やはりそうであったか」

磐音の言葉におこんが何度も頷いた。

「よし、おそめちゃん、この話は打ち切りじゃ。それがしとおこんさんが今津屋どのに願うてあげよう」

「おそめちゃん、最後に一つだけ念を押しておくわ。今も縫箔屋の江三郎親方のもとで奉公する気持ちに変わりないのね」

「ございません」

とおそめの返答ははっきりしていた。

「いつぞやお使いに出た折り、中橋広小路の呉服屋さんの店頭で、番頭さんが縫箔された打掛けをお客様に披露《ひろう》しているところを見かけました。その仕事ぶりの見事さといったら、口では言い表せません。失礼も顧みずついふらふらと店に入り、それはどちらの親方のお仕事にございましょう、と尋ねたことがございました」

「江三郎親方の手がけたものだったのね」

「はい」

おそめの表情は先ほどと打って変わり、上気した顔付きになっていた。

「呉服屋の番頭さんも、おそめちゃんのような可愛い娘に縫箔の職人のことを訊かれるなんて驚いたでしょうね」

「お客様からも番頭さんからも、事情を訊かれました。それで正直に申し上げました」

「すると相手はどう答えられたの」

「番頭さんが、娘さん、おまえさんは目が高いねえ。縫箔では江三郎親方に敵《かな》う職人はいやしない。いいかい、親方のもとに修業に出たら、少なくとも十年は辛抱して、一人前の職人になる手解きをしてもらうんだよ、と励まされました」

「おそめちゃんの固い気持ちはよう分かった。この話を聞かされれば、お佐紀どのも諦《あきら》めざるをえまい」

と磐音が洩らしたとき、膳が運ばれてきた。

春を先取りしたような桜鯛《さくらだい》の造り、搗《つ》き立ての餅《もち》と鶏肉の澄まし汁、雑魚の混ぜご飯だった。

「これは美味しそうな」

「お酒はいいの」

「本日はおこんさんとおそめちゃんの案内《あない》役ゆえ、酒に酔うてなどおられぬ」

「どれも美味しそうよ」

「頂戴しよう」

箸《はし》を取り上げ、膳に向かった磐音の眼中から、二人の女のことは消えていた。ただ食べ物を味わうことに没入し、おこんが小さな溜息《ためいき》を洩らした。

磐音は昼餉の後、二人を今津屋に送った足でまた佐々木道場に戻った。玲圓と鐘四郎が速水邸に相談に行ったことが気になっていたからだ。

普請場では掘り出された古甕の穴を埋め、床下に新たな土が入れられていた。

磐音が母屋に回るとすでに玲圓は戻っていた。

鐘四郎は亀山藩の道場に行っているのか姿は見えなかった。

「先生、なんぞ御用はございませぬか」

「おおっ、坂崎か。上がれ」

と内儀のおえいを相手に茶を喫していた玲圓が手招きした。

磐音は縁側から上がると訊いた。

「速水様を訪ねられたと聞き及びましたが」

「うーむ。速水邸に、大目付、町奉行所の切支丹《キリシタン》取締り方が数人集まられてな」

玲圓は思いがけないことを言い出した。

「切支丹取締り方にございますか」

「昨夜のことだ。それがしが二振りの太刀を詳しく調べようとしたと思え。すると短刀が入れられていた錦の古裂に、なんと切支丹信仰の証、十字架《クルス》が縫《ぬ》い込まれてあるのを見つけてな、これは大事と、まずは速水様にその旨を伝え、本日、甕から現れた諸々を本多と二人で持参したというわけじゃ」

「それは大変なことにございましたな」

「切支丹取締り方が精査されたところ、腐りかけた小箱から新たに青銅の十字架も現れおった」

「伴天連《バテレン》が埋めたものにございますか」

「いや、そうではなかろうというのが大方の意見であった。取締り方が言われるには、この甕が埋められたと推測される天文期には薩摩《さつま》にイスパニア人のフランシスコ・ザビエルなる宣教師が渡来し、切支丹信仰を伝えておるそうな。だが、その足跡は江戸には達しておらぬ。西国で切支丹の持ち物を盗んだ者が江戸に持ち込み、一時隠すために埋めたのではないかという考えが大勢を占めた。切支丹の持ち物とはいえ、二百年以上も前の話だ、布教うんぬんとはまるで話が違うゆえ、お咎《とが》めはなかろうという話であった」

「それはようございました」

と応じた磐音は、気になる太刀と短刀のことを訊いた。

「もはや持ち主を詮索《せんさく》するには時が流れすぎておる。わが屋敷が抱え屋敷ということもあり、数日内にはそれがしの手に下げ渡されるそうじゃ」

「先生、どうなされます」

「手入れをいたせと申すか」

「あの太刀、名のある刀匠の手による作かと思われます」

「時代は平安より下ろうが、なかなかの逸品じゃ。銀銅の細帯を蛭巻《ひるまき》にして黒漆をかけたところから推測するに高貴の方の持ち物であったろうと、速水様らも推測なされておった」

と答えた玲圓が、

「坂崎、そなたは、本所の御家人研ぎ師鵜飼百助《うかいももすけ》どのと知り合いであったな」

「はい」

磐音も、この研ぎを委ねられるのは、名人気質《かたぎ》の天神鬚《てんじんひげ》の百助老を措いてないと考えていた。

「下げ渡されたら、鵜飼どのの研ぎ技を借り受けたい。頼みに参る折り、同道してくれ」

「畏《かしこ》まりました」

と答えた磐音が辞去しようとすると、

「速水様が、それがしと二人の折りに申された」

と言い出した。

「なんでございましょう」

「家基様が、宮戸川《みやとがわ》の、いや磐音が割《さ》いた鰻《うなぎ》、蒲焼《かばやき》を食したいと所望なされたそうじゃ」

「宮戸川の鉄五郎《てつごろう》親方がこの話を聞けば喜びましょう。ですが、どうやって御城にお届けすればよいものか」

「近々速水様が、家治様の名代で西の丸に入られる。その折りに持参することでどうじゃ」

「速水様のお屋敷にお届けすればよろしいのですね」

「いかにもさよう」

「承知しました」

磐音は再び縁側から庭に下りた。すると屋敷の向こうから、松飾りの竹、松、縄などを手にした鳶《とび》の親方と職人二人が庭に入ってきた。町内の顔見知りの鳶だ。

「ご苦労」

玲圓が言葉をかけると、

「普請場から、なにかどえらいものが出てきたそうですね」

と親方が訊いた。

「時を経て大半が傷んでいるが、二百年以上も前の品々じゃ。珍しいものゆえ、詳しくは先生に訊かれよ」

磐音はそう言い残すと佐々木家の内門を後にした。

この日、今津屋と佐々木道場を幾たびも往復して再び今津屋に戻ったのは七つ(午後四時)過ぎの刻限だった。

おこんから、おそめの一件で佐々木道場の帰りに立ち寄るよう頼まれていたからだ。

「坂崎様、あちらこちらとご苦労ですな」

帳場格子から由蔵が声をかけてきた。

「年の瀬にわれながら落ち着きがないと反省しているところです」

「坂崎様の多忙は、他人から頼まれたものばかりです。お気の毒ですが、情けは人の為ならずと申しますから、そのうち、巡り巡って坂崎様に返ってきますよ」

と言った由蔵が、

「奥で旦那様がお待ちです」

と自ら案内する気か、立ち上がった。

今津屋では暖簾を下ろす刻限に両替の棒手《ぼて》振《ふ》りなどが押しかけて賑わうが、今はちょうど客も少ない時分だ。

由蔵はあとを筆頭支配人の林蔵《りんぞう》に任せた。

磐音は三和土《たたき》廊下を抜けて台所で草履《ぞうり》を脱いだ。

台所も夕餉の仕度を前にどこかのんびりしていた。

「上がらせてもらうぞ」

磐音は女衆《おんなし》に声をかけて奥への廊下に出た。すると由蔵が待ち受けていた。

「今年も余すところあと二日にございますな」

「本年もいろいろございました」

「今津屋にとっては、旦那様がお佐紀様をお迎えになったのがなによりの話です」

由蔵と磐音が吉右衛門再婚の仕掛け人といえなくもない。

「あと残る目出度い話は一つだけだが、これぱかりは私がやきもきしても仕方がない」

と由蔵は独り言を洩らした。

「老分さん、近頃独り言を洩らす回数が増えましたぞ」

と座敷から吉右衛門の声がした。

「おや、なにか喋《しゃべ》りましたかな」

「これは驚いた。あれほどはっきりとした独り言も珍しい。なんぞ目出度き話を待ち望んでいる様子の独り言でしたがな」

「これはしたり、そのようなことを私が口にし、旦那様のお耳に届きましたか。なら独り言を言ったのは確からしい」

由蔵が答え、吉右衛門が磐音に、

「ご苦労でしたな」

と労《ねぎら》った。

「ただ今、お佐紀、おこんはおそめを連れて、春物の着物を見立てに三井越後屋に行っております」

どうやらおそめの一件を訊くために女たちを外に出した様子があった。

「本日、おこんさんとおそめちゃんを昼餉に誘い、正直な気持ちを訊きました」

うーむ
と頷いた吉右衛門が、

「それで答えはどうでした」

と催促した。

磐音は、おそめが幼い胸で迷いながらも出した答えとその言葉をすべて話した。

「おそめの決心はそれほど固うございましたか」

といささか落胆した表情で吉右衛門が言い、

「お佐紀ががっかりしましょうな」

とその心中を慮った。

「まあ、このご時世です。自分がやりたいことを見つけられない若い衆が多い中、おそめの決心は見事です。坂崎様、老分さん、呉服町の江三郎親方と話し合い、年明けの然るべき大安吉日に快く送り出しましょうかな」

「おそめにとって、うちでの奉公は、江三郎親方のもとに参ってもきっと役に立つはずです」

由蔵が応じて、異例のことではあるけれども、おそめの一年奉公が改めて確かめられた。

三

翌朝、この年最後の鰻割きの仕事に磬音は出た。

宮戸川では大晦日《おおみそか》から三が日は殺生仕事ということで暖簾を下ろすことを、創業時から習わしにしていた。

いつもより少なめの鰻を松吉《まつきち》、次平《じへい》、幸吉と一緒に割き終え、朝餉《あさげ》を馳走になった。その席で玲圓から伝えられた家基の、

「深川鰻処宮戸川」

の蒲焼を所望された一件を話した。鉄五郎が、

「おさよ、聞いたか。ついに宮戸川の蒲焼の名が御城に届き、西の丸様がお食べ

になりたいそうだ」

「おまえさん、空恐ろしい話じゃないか。大丈夫かねえ」

「なにをぬかす。光栄な話じゃねえか。おれの腕を西の丸様がお認めになったんだよ」

　おさよが迷ったふうな顔をしたが、亭主の剣幕に押されて黙り込んだ。

「親方、速水様が西の丸に上がられる折りにはすぐに知らせよう」

「へえっ、斎戒沐浴《さいかいもくよく》して鰻を焼きますぜ」

「そう気張らぬほうがよい。平素のとおりに焼き上げれば、親方の鰻はどなたにも満足してもらえる味に仕上がる」

「へえっ」

　と答えた鉄五郎が、

「坂崎さん、平素お城の中で将軍様のお世継ぎがなにを召し上がっておられるか、こちとら、存じ上げねえや。鰻のこってりとしたたれで腹を壊されることはないでしょうねえ」

　鉄五郎がそのことを気にし、

「おまえさん、そうなったら打ち首だよ」

とおさよが口を挟《はさ》んだ。

ぶるっ
と身を震わせた鉄五郎が、

「鰻で打ち首か」

と思わず首を手で擦《さす》った。

「親方、女将《おかみ》さん、ご心配めさるな。お聞きしたところによると、家基様はご壮健の上に好奇心の旺盛な若様で、下々の食べ物も美味かなと食されるお方だそうじゃ」

磐音は日光社参の折り、密かに家基に同道し、日光往復の道中を過ごしていた。だが、それは口にできぬ秘事だった。

「それを聞いて安心しましたぜ」

宮戸川からの帰り、磐音は宮戸川の蒲焼を手土産《てみやげ》に、北割下水の品川柳次郎《しながわりゅうじろう》を訪ねた。

年の瀬の挨拶と思ったからだ。

傾きかけた門前に立つと、竹村武左衛門《たけむらぶざえもん》の胴間声《どうまごえ》が響いてきた。

「師走《しわす》にもうひと仕事せぬと借金が払えぬ。柳次郎、即金の仕事はなにかないか」

「竹村の旦那、明日は大晦日、無理だな」

と柳次郎がにべもなく答えていた。

磐音が声のする庭のほうへ回り込むと、縁側で祭提灯《ちょうちん》の紙を張る柳次郎と武左衛門が睨《にら》み合っていた。

「おや、この匂《にお》いは」

武左衛門の大きな背中が動いて、後ろに立つ磐音を認め、

「これはこれは、坂崎氏《うじ》のご入来にござるか。なんぞ仕事の口を柳次郎に持ち込まれたのであろうな」

と無精髭《ぶしょうひげ》の顔で相好《そうごう》を崩した。

「いや、品川さんが言われるとおり、世間様は仕事納めです。竹村さん、今年は諦めたほうがよさそうです」

「なにっ、仕事の話ではないのか」

武左衛門が愕然《がくぜん》として縁側にへたり込んだ。

「旦那、掛取りには誠心誠意、来春になれば払うと頼み込め。それしか手はあるまい。それにしても、あれだけ働いて米、味噌《みそ》、油の代金を溜《た》めているのか」

「そうではない。おれの馴染《なじ》みの飲み屋が二、三軒、やいのやいのと申しておるのだ」

「そいつは自業自得、勢津《せつ》どのに内緒で飲むからそのようなことになるのだ」

「柳次郎、少しばかり融通してもらえぬか」

「駄目だな」

柳次郎に断られた武左衛門が磐音を見た。

「それがしも懐《ふところ》は寂しゅうございます」

「どいつもこいつも頼り甲斐《がい》のない友かな」

と嘆いた武左衛門が、磐音の提げた蒲焼の竹皮包みに目をやった。

「宮戸川の鰻か。そいつで一杯飲むと憂さも晴らせて清々しそうだな。柳次郎、酒を出さぬか」

というところへ幾代《いくよ》が姿を見せ、

「竹村どの、当家には武士の嗜《たしな》みを忘れた方にお出しする酒などございませぬ。お門違いにございます」

とぴしゃりと断った。

「これはしたり。元伊勢津《つ》藩藤堂《とうどう》家家臣竹村武左衛門、痩せても枯れても盗泉の水を飲む真似《まね》などしたことはございませぬぞ。これでも武士の矜持《きょうじ》は持っております」

「竹村どの、他家に参り、自らが溜めた飲み代のことなどを声高に述べ立てるお方に、もはや武士の資格はございませぬ」

「参ったな、母御は実に手厳しい」

柳次郎がいつもの会話ににやにやと笑い、磐音が、

「年末のご挨拶に立ち寄りました」

と竹皮包みを差し出した。

「これはご丁寧に」

と受け取ろうとする竹皮包みを目で追った武左衛門の鼻がぴくぴくして、

「ああ、たまらぬ」

と呻《うめ》いた。

「こう、旦那に邪魔をされては仕事にならぬ。母上、うちも仕事納めをしてようございますな」

「致し方ありますまい」

と幾代が武左衛門を最後にひと睨みする。柳次郎は縁側から立ち上がると前掛

けを外した。

「坂崎さん、地蔵の親分の店に参りませんか。一日早いが年越し蕎麦《そば》をお付き合いください」

「それはよいな」

「蕎麦か。蕎麦よりもそれがしは鰻が好みだがな」

「旦那、そなたは飲み代の支払いの算段をなさねばなるまい。師走は待ってくれぬぞ」

「柳次郎、冷たいことを申すな。もはや寅熊《とらくま》なんぞの支払いは諦めた。年が明けてのことだ。それがしも地蔵蕎麦に同道いたそう」

「母上、うちの貧乏神は竹村武左衛門という名かもしれませぬな」

「柳次郎、来年こそはなんとか家運を立て直したいものです。それには友を選ぶことも肝心ですよ」

と幾代が笑いもせず言い放つと視線を磐音に巡らせ、

「坂崎様、蒲焼は夕餉の折りに頂戴します。来年がよき年でありますように」

と竹皮包みを目の上に差し上げ、今度は嫣然《えんぜん》たる笑みを浮かべて礼を述べた。

「母御、それがしと坂崎氏の間にそう差をつけられずともよかろう。わが竹村家は、品川家が頼りなのですからな。では、よいお年をお迎えくだされ」

「来春こそ心を入れ替えてお身内のためにお働きなされ」

最後まで幾代は武左衛門に手を緩《ゆる》めなかった。

だが磐音は、幾代が竹村家のことを案じ、時折り柳次郎に庭で作った野菜などを持たせて、半欠け長屋まで様子を見に行かせていることを承知していた。

「母上、出て参ります」

内職をしていた作業着に大小を差した柳次郎と磐音、武左衛門の三人は、品川家の傾いた木戸門を出た。

「ああっ、今年も年が暮れていく。なにもよいことはなかったな」

武左衛門の口を突くのは愚痴《ぐち》ばかりだ。

溝臭《どぶくさ》い北割下水の河岸《かし》道では、脛《すね》を寒風に晒し、継ぎの当たった袷《あわせ》を着た男が肩に千両箱を担いでいくのとすれ違った。むろん千両箱は作りもので、屋敷やお店を回り、

「吉村様、お目出度うございます。ただ今大坂の鴻池《こうのいけ》より千両箱が届きました、当家の金蔵にお納めいたしましょうわえ。へいへい、軽子《かるこ》賃は一貫と一文、一貫はお預けいたしまして一文だけ頂戴して参ります」

などと口上を述べ、一文を稼ぐ物貰《ものもら》い、千両箱の軽子だ。

「千両箱が本物ならばなんぼかよいのにな」

「とはいえ、旦那のものではあるまい。あの軽子、三十俵二人扶持《ぶち》の御家人だ。われら、提灯張りをしたり千両箱の軽子を担いだりして一文二文と地道に稼いでおるのだ。旦那もちと見習え」

「柳次郎、ようよう母御の小言から解放されたと思うたら、今度はそなたか。親子はよう似るものだな」

横川に出て南に向かうとすぐに法恩寺橋が見えた。

地蔵の親分こと竹蔵《たけぞう》は橋際で地蔵蕎麦という商いをしながら、南町奉行所定《じょう》廻《まわ》り同心木下一郎太《きのしたいちろうた》の鑑札《かんさつ》を貰い、お上の御用を務めていた。

地蔵蕎麦の前に猪牙舟《ちょきぶね》が一艘《そう》止まり、船頭が待機していた。

「様子がおかしいな」

と柳次郎が呟《つぶや》く。

「町奉行所の船のようですね」

磐音も応じた。

三人が地蔵蕎麦に入ると、客が二、三人蕎麦を啜《すす》りながら酒を飲んでいた。店は長閑《のどか》だが、奥からなにか張り詰めた気配が漂ってきた。

店先に入ってきた三人を見つけ、竹蔵が顔を出し、

「ちょうどよいところに見えられました」

と三人を奥の居間に招じ上げた。するとそこには、木下一郎太ら奉行所の小者《こもの》数人が緊張の顔付きで待機していた。

「強い味方が現れたぞ」

一郎太が笑いかけた。

「年の瀬にどうなさいました」

磐音の問いに一郎太が、

「亀戸《かめど》村の不動院で大賭博《おおとばく》が開帳されるという話を、竹蔵が聞き込んできましてね。笹塚《ささづか》様と相談の上、見せしめに手入れをすることになったのです。まあ、年の瀬の大塵《おおちり》一掃です」

「笹塚様が陣頭指揮をなさるのですね」

「後刻参られます」

「ならば大塵一掃ではなく、盆茣蓙《ぼんござ》の上の小判が目当てではありませぬか」

一郎太が苦笑いした。

笹塚孫一《まごいち》直々に動く以上、大博奕《おおばくち》だ。盆茣蓙で動く金子《きんす》はかなりの額になるものと推測された。

五尺そこそこの体に大頭の南町奉行所の年番方与力《ねんばんかたよりき》笹塚孫一は、切れ者の知恵者として知られていた。風采《ふうさい》の上がらぬ形《なり》とは対照的に肝っ玉は太く、奉行所の探索費用を大胆極まる手を使って調達していた。

夜盗押し込みの一味などを捕縛《ほばく》した際、押収した金子のうち、正当な持ち主が分からぬ分については何割かを差し引いて、平然と幕府勘定方に差し出すのだ。笹塚の手元に残された金子は私腹を肥やすために使われるのではなく、すべて探索費として使われたから、当代の奉行も黙認してきた。

このような荒業を遣う背景には、幕府の財政が逼迫《ひっぱく》し、江戸の治安を守る町奉行所に十分な探索費などが下しおかれないことにあった。そこで笹塚は悪人の上前をはねて探索費に充てていた。

そのような仕事にこれまで何度も磐音は付き合わされていた。

「賭場《とば》に客が集まるのは陽《ひ》が落ちてからです。まだ、ちと時間《とき》がございます」

「さような大掛かりな賭場の勧進元はたれです」

磐音が訊いた。

「胴元は惣録検校《そうろくけんぎょう》から破門された座頭の一膳《いちぜん》って野郎で、目は見えねえが金の匂いには滅法敏感って奴《やつ》です。客は大店《おおだな》の旦那衆やら坊主、大名家の用人、留守居役といった懐の温かい連中ばかりで、一晩に数千両の大金が動くと推測されます」

「それは大変な博奕だ」

「それだけに一膳め、腕の立つ用心棒を何人も揃《そろ》えているそうです」

と答えた一郎太が、

「天がわれらに味方し、坂崎さん方が三人加わるのは心強い」

とすでに手勢のうちに入れられたかのように言った。

「木下氏、それがしは数から外してもらおう。奉行所の手伝いをしたからといって一文の徳にもならぬからな」

武左衛門があっさりと断り、

「酒と蕎麦に釣られてきたが、危うく年の瀬に貧乏籤《くじ》を引くところであった。くわばらくわばら。坂崎さん、柳次郎、それがしはこれにて退散いたす」

と言うとさっさと逃げ出した。

「竹村の旦那、逃げ足だけは速い」

柳次郎が呆《あき》れたように言った。

「まあ、竹村様の丹石《たんせき》流は、口ほどには当てになりませんからねえ。手入れの邪魔になってもいけねえ。抜けてもらってよかったかもしれませんや」

と竹蔵が苦笑した。

「陽が暮れるまでまだ刻限がございますすな」

磐音の言葉に一郎太が、

「不動院の周辺はすでに見張りがついています。あまり人数を入れて怪しまれても水の泡。そこでわれらはここで待機しているところです」

「大捕り物のようですが、押し込む人数はこれだけですか」

「笹塚様もお出張《でば》りになりますし、陽が落ちた頃には助勢の人数も参る手筈《てはず》です」

「それは重畳《ちょうじょう》」

磐音と柳次郎は、自らが手を出すことはあるまいとほっと安堵《あんど》した。

「坂崎さんと品川さんが汗をかかれることは万々あるまいと思います」

と一郎太も請《う》け合い、竹蔵が、

「蕎麦と酒なら十分ございます。ちびちび飲んでいるうちに陽も沈みましょう」

と二人を引きとめた。

「親分、いくら手伝いとは申せ、酒はよくない。蕎麦だけを頂戴いたす」

磐音と柳次郎はもはや覚悟するしかない。酒は断り、蕎麦を馳走になって時がくるのを待った。


年の瀬のどことなく気忙《きぜわ》しい時がゆったりと流れていく。

竹蔵は客が来ると地蔵蕎麦の主に戻ったり、連絡《つなぎ》に戻った手下《てか》たちに新たな手配りをしたりと、一人二役の忙しさだ。

「坂崎さん、佐々木道場の普請場からなにか出てきたそうですね」

と退屈を紛らわそうとしてか、一郎太が磐音に訊いた。

「さすがに早耳ですね」

「普請場から出てきたとはどういうことです」

手持ち無沙汰《ぶさた》の柳次郎が話に加わった。

磐音は土中から出てきた大甕の一件を友に告げた。

「なんと二百年以上も前に盗人が埋めた甕ですか。それで金目になりそうなものは入っていましたか」

「開元通寶とかいう唐の銭は、もはや使いものになりません。太刀と短刀はなかなかの作と見ましたが、手入れができるかどうか。錆が浮いて傷みが激しいですからね」

一郎太が、

「なんでも、切支丹伴天連のご禁制の道具が出てきたという噂《うわさ》が立ってますよ」

「驚いた。そのようなことまで奉行所は承知ですか」

「まあ、蛇《じゃ》の道は蛇《へび》です」

磐音は隠しようがないと覚悟し、ざっと事情を話した。

「切支丹の持ち物を盗んだ輩《やから》が江戸に持ち込み、換金するまでの間、埋めたものではないかと、切支丹取締り方では推測されているそうです」

「とにかく邪教徒の持ち物とは申せ、二百年も前の盗人を切支丹探索方も捕まえるわけにはいきますまい。佐々木先生の迅速なご処置もございますし、この一件はすぐに落着しますよ」

と一郎太が請け合った。

「佐々木先生は鵜飼百助様に研ぎを頼むお考えです」

「天神鬚の百助様ならば、二百年も土中に埋もれていた太刀の手入れをしのけるかもしれませんぜ」

　と竹蔵も保証した。

「佐々木道場は春には立派な普請がなって、地中から出てきた太刀と短刀が家宝ともなれば、また江戸に評判を呼んで門弟が増えますよ」

「道場が手狭になって先生がようよう決断なされたのです。広くなった道場が新しく入ってきた門弟のために手狭になるようでは、なんのための改築か分かりません。贅沢《ぜいたく》な悩みかもしれませんが、今の人数で十分です」

「坂崎さん方が道場の玄関に冥加樽《みょうがだる》を置き、寄進を門弟衆に呼びかけた末の普請ですからね。だが、坂崎さんの願いは難しいかもしれませんよ。巷《ちまた》では神保小路に江都《こうと》一の道場ができるとの評判が立っていますから、必ずや入門者が殺到します」

「それは困った」

　四方山《よもやま》話をしているうちに時が経《た》ち、夕暮れが訪れた。

四

表に船が着いた様子で、大頭に陣笠《じんがさ》をちょこんと載せた笹塚孫一がせかせかと地蔵蕎麦の居間に姿を見せた。火事羽織に野袴《のばかま》、手には指揮十手を持った勇ましい形だ。

「金兵衛長屋に立ち寄ったが、早こちらに待機しておったか。感心感心」

と笹塚が磐音と柳次郎を見て、まるで自分の直属の部下のように言葉をかけてきた。

「お間違いなきよう。それがしと品川さんは南町奉行所とはなんの関《かか》わりもございませぬ」

「そう申すな。ただ蕎麦を食しに来ただけではあるまい」

「いえ、年越しの蕎麦を食べに来て木下どのの網にかかったのです」

「ひっひっひ」

と笹塚が笑った。すると頭の上の陣笠がかたかたと揺れた。

「重ねて申しますが、それがしは南町の配下ではございませぬ」

竹蔵の居間の長火鉢の前に座を占めた笹塚が、

「そう邪険を言うでない。わしが頼りとするのはそなただけだからな」

と受け流し、平然たるものだ。

「これだけの大捕り物なれば、南町も当然十分な手配りをなされてのことでしょう。それがしと品川どのは見物に回ります」

笹塚が項《うなじ》をぼりぼりと掻《か》いた。

「それがな、ちと厄介《やっかい》ごとが生じた」

磐音も一郎太も笹塚の顔を見た。

「お奉行がな、川向こうの賭場の手入れに大勢の人数を割けるものか、年の瀬ゆえ、なにが起こるか分からぬと仰《おお》せなのじゃ」

「笹塚様、助勢は参らぬのですか」

「一郎太、一人も参らぬ」

「笹塚様お一人、お出張りになったというわけですか」

「まあ、そう考えてくれ」

笹塚は顎《あご》を手で撫《な》でた。

「それにしても、これだけの人数で不動院に踏み込むのですか」

さらに一郎太が問い、その場に重苦しい雰囲気が漂った。

「一郎太、そう心配したものでもないぞ。われらはかくも心強き同士を二人も迎えておるではないか」

と磬音と柳次郎を見た。

「呆れた」

と柳次郎が呟き、

「それがしも竹村の旦那と一緒に逃げ出せばよかった」

と恨《うら》めしそうな顔をした。

「年末の大掃除じゃ。そなたらにはそれなりの褒賞《ほうしょう》を出さねばなるまいな。但《ただ》し、捕り物がうまくいった場合じゃぞ」

笹塚が今度は馬の鼻先に人参をぶら下げるようなことを言った。

柳次郎が溜息をついた。

不動院の見張りに出ていた竹蔵の手下の一人が戻ってきて、賭場に客たちが集まり始めたと報告し、

「盆茣蓙が活気づくのは夜半九つ（十二時）前後かと思います」

と付け加えた。

「網は大きく張れ。なにしろ南町の銭箱は底が見えておるゆえ、なんとしてもここらで一稼ぎしておきたい」

笹塚は不謹慎にも口にし、沈鬱《ちんうつ》な雰囲気を変えるためか話題を転じた。

「ところで、坂崎、そなた、今小町の付き添いで湯治に行っておったが、奉公人を保養に行かせるとはさすが今津屋、贅沢なものだな」

「今津屋では日光社参、先妻お艶《えん》どのの三回忌、さらにはお佐紀どのとの再婚と多忙なことが続きましたゆえ、おこんさんが体調を崩したのです」

磐音は当たり障《さわ》りのない返事をした。

「今小町の付き添いで湯治保養とは、なによりなにより」

笹塚は一人悦に入っている。

夜が深まるにつれ、不動院と地蔵蕎麦の間に伝令が頻繁に行き交うようになり、緊張も段々と高まっていった。

「そうだ、忘れておった」

笹塚がふいに叫んだ。

「座頭の一膳だがな、下総《しもうさ》から流れてきた剣客早田《はやた》彩蔵《さいぞう》とその一味を用心棒に抱えておる。こやつがなんでも滅法腕の立つ奴らしい。坂崎とはよい勝負と見た、存分に戦え。一郎太、見物だぞ」

　磐音はもはやなにも答えなかった。

　そこで竹蔵の手下の音次《おとじ》が飛び込んできた。

「親分、変なことになりやがった」

「どうした」

「竹村武左衛門の旦那が賭場に潜り込んだんでさ」

「なんだと！」

　半分居眠りしていた柳次郎が座から飛び上がり、叫んだ。

「確かか」

　竹蔵が音次に念を押した。笹塚が、

「一郎太、どういうことか」

　と訊いた。

「いえ、坂崎さんと品川さんは、竹村さんを同道して蕎麦を食しに来られたのです。ところが捕り物があると聞き、銭にもならぬ捕り物に加わるのは嫌だと、さっさと逃げ出されたのです」

「それが一人、賭場に乗り込んだというか」

「はあ、そのようで」

「あやつ、いつでも厄介を引き起こすな。なにを考えておるのだ」

笹塚が憤然とし、磐音が首を捻《ひね》り、柳次郎が呟いた。

「捕り物の騒ぎに、あわよくばおこぼれに与《あずか》ろうと考えたか」

じろり
と笹塚が柳次郎と磐音を睨んだ。

「そなたら、南町の捕り物と傍観できる立場ではなくなったな。しっかりと働け」

「くそっ、竹村の旦那め、どうしてわれらに難儀をかけるのか」

柳次郎がぼやき、笹塚が立ち上がると、

「捕り物出役である！　一郎太、仕度をいたせ」

と命じた。

地蔵蕎麦の土間に捕り方が集められた。

一郎太が手下たちの仕度を改めて点検した。

小者たちは鉢巻に襷《たすき》掛け、股引《ももひき》に脚絆《きやはん》に草鞋掛け、それに六尺棒を手にしていた。

巻羽織を脱いだ一郎太は着流しの裾《すそ》を後ろ帯に巻き込み、鉢巻襷掛けの仕度となった。手には長十手を構えていた。

磐音は小者たちが用意していた木刀を借り受けた。

柳次郎は剣を遣う気だ。

地蔵蕎麦を出た一行は、串刺しにされた田楽《でんがく》のように両刀を差し、手に指揮十手を握った笹塚孫一を長に、同心の木下一郎太、小者五人、竹蔵親分と手下三人、それに坂崎磐音と品川柳次郎の十三人だった。

「地蔵の親分、不動院には何人先行しておるのだ」

柳次郎が訊く。

「うちの手下が二人でさあ」

「総勢十五人で大掛かりな賭場の手入れをしようというのか」

「そういつまでも泣き言を申すでない。戦も捕り物も最初の呼吸が肝心でな、機先を制すればあとはなんとでもなる」

笹塚孫一が嘯《うそぶ》き、

「のう、坂崎」

と磐音に同意を求めた。

地蔵蕎麦から法恩寺の塀に沿って、一行はひたひたと東に向かった。

「賭場には一膳の一味、用心棒らは何人おるのです」

「なにやかにやで十四、五人かのう。この際だ、小物は捨ておけ」

と答えた笹塚は、

「竹蔵、客はどれほど集まっておる」

「二十数人というところにございましょう」

「一人頭五十両としても千両は固いな」

笹塚は押収する寺銭《てらせん》の胸算用をした。

「不動院と申すからには寺社の管轄かと思いますが」

磐音の言葉に竹蔵が答えた。

「元々亀戸村の庄屋の土地に建てられた寺でしてね、ここ十年以上、無住でさ。もはや寺社の支配下にはございやせん。そいつに一膳が目をつけ、手入れをして賭場に使ってやがるんで。最初は小便博奕でしたから、わっしらも見逃しておりやした。ところが半年も前から段々と客筋もよくなり、大掛かりになってきやがったんでさあ」

十間川を天神橋で越えた。

亀戸天満宮を横目に進み、亀戸村に入った。すると竹蔵の手下の豊造《とよぞう》が、

すいっ

と寄ってきた。

「お出張りご苦労にございやす」

「どんな様子だ」

「賭場は佳境に入っておりやす」

「よし」

と笹塚が張り切った。

「竹村さんも不動院におるのだな」

一郎太が友の身を案ずる様子で訊いた。

「どうみても懐はからっけつだというのに、竹村の旦那は言葉巧みに見張りを騙《だま》して中に入り、それきり音沙汰《おとさた》なしです」

「見張りは何人じゃ」

「不動院の表に一膳の配下が三人、さらに奥に浪人が二人か三人、控えている様子です」

と豊造が答え、笹塚が、

「坂崎、まずはこの見張りを取り除きたいものじゃな。さすれば相手の勢力は半減しよう」

と言った。

磐音に先陣を切らせる気だ。

「品川さん、それがしの後詰《ごづ》めをお願いします」

「承知しました」

柳次郎が緊張の声で答えた。

豊造に案内され、磐音と柳次郎が先行し、その後、間を置いて笹塚と一郎太に指揮された南町奉行所の一統が不動院に向かった。

北に流れる北十間川から冷たい風が磐音と柳次郎の顔に吹きつけてきた。

「くそっ」

と柳次郎が吐き捨てた。

賭場から漂う熱気が夜風に混じって漂ってきた。

「あれが表なんで」

豊造が囁《ささや》く。

磐音は木刀を軽く素振《すぶ》りすると、歩みを変えずにすたすたと不動院門前に近付いた。

「どこへ行く」

門下の暗がりから声がした。

懐手をしたやくざ風の男三人が磬音の前に立ち塞《ふさ》がった。

磬音が動いた。手にしていた木刀の先端で真ん中の男の鳩尾《みぞおち》を突き、左右の男たちの肩口をハの字を描くように振るい殴った。

一瞬の早業に、三人は声を出す暇もなくその場に、

どさりどさり

と倒れた。

「どうしたな」

門内から痩せた浪人が一人姿を見せた。

磬音が、

すいっ

と接近すると、驚いて立ち竦《すく》む相手の鳩尾を突いた。

その後ろから、

「怪しやな」

と言いながら剣を抜き、磐音に斬《き》りかかった仲間がいた。

磐音はまだよろめき立つ痩身《そうしん》の浪人の体を楯《たて》に一撃目を避《よ》けた。

どさり
と痩身の浪人が倒れた。すると仲間が二の手を磐音に送り込んできた。

その胴斬りを木刀で合わせると、相手の剣は物打ちから折れて飛んだ。

あっ！

と叫ぶ相手の肩口に木刀が、
びしり
と決まり、二人目が倒れた。

「坂崎どのの手にかかると他愛もないな」

笹塚が磐音の機嫌を取るように言った。

「勝負はこれからにございます」

「坂崎、早田彩蔵をまず仕留めることじゃ。さすれば勝負は決す。銭はいただきじゃ」

と答えた笹塚が、

「早田の放心一刀流《ほうしんいっとう》、馬鹿にできぬ。無刀《むとう》流の剣客高柳六右衛門《たかやなぎろくえもん》が佐倉城下で撓《たお》されておる」

と注意を与えた。

無刀流の高柳六右衛門は江戸でも名の知られた剣客だった。笹塚は情報を小出しにして、しゃにむに戦わせる気だ。

磐音は呼吸を整えると門内に踏み入った。すると参道の向こうに二人の男が立って門の外の気配を窺っていた。

「木塚《きづか》さん、なにがあった」

磐音を仲間と間違えたか、そう問いかけてきた。

磐音は黙って歩み寄る。

「あっ、おまえはたれだ！」

と大声を出す相手に磐音の背後から笹塚孫一の声が響いた。

「南町奉行所の捕り物出役である！　定法《じょうほう》をないがしろにして賭場を開帳するなど許さぬ！」

小さな体には似合わぬ大声だ。

「野郎！」

磐音の前に立つ男が懐から匕首《あいくち》を抜くと突っ込んできた。仲間も同時に動いた。

磐音は踏み込みざま、木刀で一人目の胸を突き上げ、二人目の首筋を強打してその場に転がした。

どどっ！

と不動院から五、六人の用心棒が姿を見せた。浪人もいればやくざ者もいた。

「南町じゃと、手勢が少ない。構わぬ、叩《たた》っ斬れ！」

仲間の背後から声がして、壮年の剣客が姿を見せた。落ち着き払った様子は一《ひと》廉《かど》の剣術家を思わせた。

「早田彩蔵どのか」

「いかにも早田じゃ。そのほう、不浄役人ではないな」

「いささか事情《わけ》あって南町に助勢する者だ」

「名は、流儀は」

早田が矢継ぎ早に訊きながら、階段を悠然と下りてきた。

「直心影流、坂崎磐音」

磐音は木刀を捨て、備前包平《びぜんかねひら》二尺七寸（八十二センチ）の柄《つか》に手をかけた。

「ほう、佐々木玲圓の門弟に腕の立つ者がおると聞いたが、おぬしか」

早田は羽織を脱ぎ捨てると腰を落とし気味にして構えた。

「笹塚様、木下どの、この場はお任せくだされ」

磐音が背後の笹塚に告げた。

「よし、一郎太、踏み込むぞ！」

一郎太に指揮され、柳次郎も加わった一団が、ひっそりとした不動院の周りを囲むように左右に散った。

その前に用心棒たちが立ち塞がり、睨み合った。

磐音と早田彩蔵は間合い二間で対峙《たいじ》した。

互いに時の余裕はなかった。

磐音は早田を斃さねば捕り物が失敗《しくじ》ることを承知していた。早田も賭場と客を守るためには早々に磐音を斬り伏せる要があった。

間合いは磐音から詰められた。

早田が剣を抜いた。

不動院のあちこちで捕り物が始まっていた。

磐音も包平を抜き、正眼《せいがん》に置いた。

早田は厚みのある剣を上段に取った。

一撃必殺の構えである。

両者は数呼吸睨み合い、早田の剣が高々と突き上げられ、

「きえいっ！」

という奇声とともに雪崩《なだ》れるように磐音に迫ってきた。

磐音も踏み込んだ。踏み込みながら包平を左肩へと引き付け、電撃の一撃を早田の右首筋に叩き付けた。

磐音は額に早田の刃《やいば》を感じた。

生と死の境を意識した。

その直後、包平の大帽子《きっさき》が早田の首筋を、
ぱあっ
と斬り裂き、早田の体が揺らめき、血飛沫《ちしぶき》が闇《やみ》に舞った。

「一膳の用心棒剣客早田彩蔵、討ち取られたり！」

笹塚孫一の声が不動院に響くと、必死の抵抗を示していた賭場の用心棒たちが形勢不利と見て、

「早田さんが殺《や》られたんじゃあ、勝ち目はないぜ！」

「逃げろ！」

とばかりに不動院の回廊から庭や裏口へ逃走しようとした。

「小物は捨ておけ。銭箱を押さえよ。一膳と客の身柄を拘束いたせ！」

とさらに笹塚孫一の命が響き、磬音とともに不動院へと駆け込んだ。

百目蠟燭《ひゃくめろうそく》を煌々《こうこう》と照らした博奕場では、一膳と客たちが怯《おび》えた顔で盆茣蓙の周りに凍り付いていた。

「南町奉行所年番方与力笹塚孫一直々の出役である、神妙にいたせ。さすれば怪《け》我《が》はさせぬ、命も助ける。抗《あらが》う者あらば、用心棒早田彩蔵と同じ運命を辿《たど》ると思え！」

と一喝した笹塚が一膳のもとへと歩み寄り、

「一膳、銭箱はどうした」

と尋ねた。

「ぜ、銭箱。私の銭箱はどこだ！」

と悲鳴を上げた一膳は、見えない両眼をさ迷わせてあちらこちらを手探りした。

「この期《ご》に及んで白々しい芝居をいたすか」

と笹塚が怒鳴り上げた。

その時、柳次郎の声がした。

「おい、腹の黒い溝鼠《どぶねずみ》、銭箱抱えて床下から逃げる気か」

博奕場の隣の納戸《なんど》から竹村武左衛門が引き出された。その両腕には重そうな銭箱が抱えられている。床板が何枚かめくり上げられていた。

「いや、騒ぎで賭場の金子が紛失してもならぬと思い、それがしが確保しておったのだ。作為なんぞなにもないぞ。ほれ、このとおり、奉行所にお渡しいたす」

と武左衛門が言い訳しながら銭箱を置いた。すると懐から小判や駒札《こまふだ》が、

ざらざら

と床に落ちて散らばった。

「竹村武左衛門と申したな。そのほうもとくと南町のお白洲《しらす》で調べ上げる！」

と笹塚が睨み付け、武左衛門が腰を抜かしたようにその場にへたり込んだ。

第二章　おこぼれ侍

一

大晦日の昼下がり、磐音と柳次郎は南町奉行所の門前に待っていた。すると木下一郎太に連れられて、竹村武左衛門が悄然《しょうぜん》とした顔付きで姿を見せた。一晩でげっそりとやつれていた。

「坂崎さん、柳次郎、ひどい目に遭《あ》わされたぞ。南町の吟味方はまるでそれがしが盗みでもしたような扱いでな、竹村武左衛門、かような屈辱を受けたことはない。これまでも南町奉行所には随分と助勢してきたつもりだが、年の瀬にきてこの仕打ちはあるまい」

奉行所の門前に武左衛門の胴間声が響き渡り、柳次郎が、

「自業自得だ。ちょうどよい折りと笹塚様がお灸《きゅう》を据えられたのだ。肝に銘ずることだな」

「まるで咎人《とがにん》扱いで、そなたは悪党のおこぼれを狙《ねら》う侍かと大目玉を食ろうた。危うく小伝馬町《こでんまちょう》の牢《ろう》で年越しをするところであったのだぞ」

「誤解を招く振舞いゆえ、致し方ありません」

磐音も柳次郎に同調した。

「どいつもこいつも友達甲斐のない者ばかりだ」

と武左衛門がふてくされた。

「坂崎さん、品川さん、お二人には年明け早々にも褒賞を出すと笹塚様が大満足でしたよ」

一郎太が言い、磐音が訊いた。

「賭場で押収した金子はかなりの額にのぼったようですね」

「はっきりはしませんが、千二百両はくだらないようです」

「この二人とそれがしは天と地の違いではないか。それがしが身を挺《てい》して確保した金子のうち、南町はいくらちょろまかすのだ」

と武左衛門が口を挟み、

「竹村の旦那、そのようなことを言うとまた奉行所に戻され、除夜の鐘は牢内で聞くことになるぞ」

と柳次郎が脅《おど》した。

「牢に逆戻りしてたまるか。柳次郎、本所に戻るぞ」

と武左衛門が南町奉行所から数寄屋《すきや》橋へとさっさと向かった。

「木下どの、よいお年を」

「お二方にもよき新年でありますように」

門前で年越しの挨拶を交わした三人は左右に別れ、磐音と柳次郎は武左衛門を追った。

「ああぁっ、大晦日も残り少ないというに、奉行所できつい説教を食ろうた。新しい年が疎《うと》まれる」

武左衛門がぼやき、

「柳次郎、どこぞ酒を飲ませるところに連れていけ」

と喚《わめ》いた。

「性懲《しょうこ》りもないとは旦那のことだな。おれは付き合いきれぬ」

「ならば坂崎さん、そなたは顔が広いゆえ、竹村武左衛門の憂さを晴らしてくれような」

「竹村さん、その前に今津屋に立ち寄り、年の瀬の挨拶をして参ります。その後ならばお付き合いできるかと思います」

「さすがは坂崎さんだ、参ろう」

武左衛門は御堀端から町屋に入り、今津屋へと歩き出した。

柳次郎が溜息をつき、

「坂崎さんとおれが奉行所の門前でどんなにやきもきしていたか、まるで考えておらぬ」

「そこが竹村さんの大らかなところですよ」

「なにが大らかですか。気が回らないだけです」

「笹塚様のお灸の意味もそのへんにあろうかと思いますが、効果があったとは言い難いですね」

「生涯直りませんよ」

また柳次郎が溜息をついた。

今津屋の店先には、六尺は優に超えた門松が綺麗に飾られていた。

「おおっ、これは見事な」

と思わず呟く磐音に、

「捨八郎《すてはちろう》親方たちが仕上げたんですよ」

と小僧の宮松《みやまつ》が教えてくれた。

「この飾りには何両もの銭がかかっておろうな。その半分もあれば、飲み屋のつけを払えるのだが」

武左衛門が洩らしたが、磐音も柳次郎も聞き流した。

新しき年を数刻後に控え、ごった返していた。金銀相場の結果に一喜一憂する商人《あきんど》、為替《かわせ》を組む番頭風の男、小銭を両替する棒手振り、今津屋に借入金の先延ばしを頼みに来た屋敷奉公の武家など、年の瀬らしい人生模様が織りなされていた。

「これは皆様方、どうなさいましたな」

老分番頭の由蔵が帳場格子の中から目敏く見つけて訊いてきた。

「年の瀬のご挨拶に伺いました」

「それにしては竹村様のお顔が冴《さ》えませぬな」

「よう聞いてくれた、老分どの。それがしは昨夜《ゆうべ》から理不尽にも、南町できついお取調べを受けておったのだぞ」

「なんとまあ、それはお気の毒と申しましょうか、身から出た錆《さび》と申しましょうか」

「そなたまでそのようなことを」

と憮然《ぶぜん》とする武左衛門に由蔵が、

「ちょうど喉《のど》が渇いていたところです。台所でお茶なといかがですか」

「おれは茶より酒がよい」

「まあまあ、ここは店先」

と由蔵がいなして三人を奥へ誘《いざな》った。

今津屋の広い台所では女衆《おんなし》が大勢の奉公人のために年越し蕎麦の仕度をしていた。そのせいで台所にぷーんと鰹節《かつおぶし》で取った出汁《だし》の香りが漂っていた。

「あら、こんな刻限に三人揃ってどうしたの」

奥から折りよく顔を見せたおこんが声をかけ、

「おこんさん、よう訊いてくれた。竹村武左衛門、かような恥辱を受けたことはない」

と喚くのを、柳次郎が憮然とした顔で睨んだ。そこへ店から由蔵も姿を見せて、

「おこんさん、事の真相は竹村様より品川様に聞くのがよさそうです」

と柳次郎に話すように迫った。

「あいや、老分どの、身に受けた恥辱は自ら話す」

「南町がそうそう無法をなさるとも思えません。ここは品川様、お願い申します」

頷いた柳次郎が昨日からの顚末《てんまつ》を語った。

「ほうほう、竹村様は悪党の上前を撥《は》ねようとなさいましたか。そこでおこぼれ侍と言われたのでございますな。これはまた大胆なことを考えられましたな」

「そなたまでもがそれがしのことを信用せぬか」

「これまでの行状を考えるに、品川様の説明に分がございますよ。本当のところ、銭箱を抱えてなにを考えておられたので」

由蔵にやんわりと尋ねられた武左衛門が無精髭の伸びた顎を手で撫でて、

「正直に申さば、捕り物のどさくさになにがしかのおこぼれを得たいと賭場にもぐり込んだのだ。それがずっしりと重い銭箱ときた。妻子を捨ててどこぞに逃げようかという考えがちらりと脳裏を掠《かす》めた」

と武左衛門が胸中を正直に吐露した。

「やはり南町はお見通しだ」

柳次郎が吐き捨てた。

「柳次郎、そう言うな。あの騒ぎの最中、銭箱を抱えたそれがしは、あの場から逃げられないわけではなかったが、事の是非を思うに、あのとき柳次郎が見つけてくれてよかったと、心から感謝しておる次第」

「まあ、六尺高い獄門台に竹村様の首が晒されずにようございましたよ」

「もう今年うちに飲み屋の借財を払うのは諦めた」

「先様がどう考えられますか」

と苦笑した由蔵が、

「明暗を分けましたな、坂崎様と品川様は南町からご褒美、竹村様はお叱《しか》りですか。竹村様ならずともつらい年越しにございますな」

「老分どのだけだ。それがしの苦衷《くちゅう》を察してくれるのは」

武左衛門の話を聞いた台所の女衆がにやにやと笑い、それまでなんとなく慌《あわ》ただしかった台所が和やかな雰囲気に変わった。

「まあ、この辺が竹村様の憎みきれない人徳にございますよ」

と由蔵が言い、おこんが応じた。

「竹村様、しばらくお待ちいただければ年越し蕎麦とお酒をお出ししますよ」

二人の言葉にふと武左衛門が思い出したように、

「おこんさん、それがしの災禍は、地蔵蕎麦に一日早い年越し蕎麦を食べに行ったところから始まっておる。蕎麦と酒はいかぬ。また奉行所の牢に連れていかれぬともかぎらぬでな。それがし、急に里心もついた。妻子のもとで煩悩の鐘を聞こうと思う」

と急に殊勝な顔で立ち上がった。

「それがよい」

と柳次郎も賛同した。

磐音との約束の、今津屋を訪ねた後、年越しの酒を飲もうと話し合ったことを武左衛門は忘れたらしい。

「坂崎さん、それがしも屋敷に帰ります。昨日より屋敷を空け、母上が心配しておられましょうから」

柳次郎も板の間から腰を上げた。

「お二方ともなかなかの女房孝行、親孝行ですな」

と由蔵が褒《ほ》め、

「お二方には今年も世話になりました。年越しの蕎麦代をお納めください」

といつ用意したか、奉書紙に包んだものを差し出した。思いがけない申し出に柳次郎が、

「普段から十分に頂戴しております。お気持ちだけをいただきます」

と遠慮した。するとかたわらから武左衛門が慌てて身を乗り出し、

「柳次郎、そなたは未だ人情の機微が分かっておらぬな。折角の志を無にするのが非礼と分からぬか。そなたが貰わぬというのなら、それがしが二つとも頂戴しよう」

と両手を差し出した。

「品川様には蕎麦代と考えるよりはどなたかのお守り賃。遠慮のう納めてくださいな」

二人の手に包みが渡され、武左衛門が掌《て》の上で重さを計り、

「ほう、蕎麦代に二両か、さすがは今津屋だ」

とほくそ笑んだ。

「竹村の旦那と一緒にいるとなぜかこちらの気持ちが暗く沈む」

柳次郎が呟き、おこんが、

「品川様、幾代様に打ち立ての蕎麦をお持ちください。よその蕎麦を食べるのもまた気分が変わります」

と竹皮包みを柳次郎と武左衛門のそれぞれに差し出した。

「金子さえあれば蕎麦はいい」

と武左衛門があっさりと断り、柳次郎が、

「旦那はおこんさんの心遣いが分からぬのか」

と睨み付けたが、武左衛門は平然としたものだ。すでに草履を履いていた。溜息をつく柳次郎におこんが、

「品川様、竹村様が道草をなさらぬよう長屋までお願い申します」

「腐れ縁です、致し方ありません」

柳次郎が武左衛門の蕎麦の包みも一緒に受け取り、

「明年が今津屋様ご一統によい年でありますように」

と挨拶し、

「旦那、よいな。途中でよからぬ考えを起こすんじゃないぞ」

と言い聞かせた。

「おおっ、心得ておるぞ」

と一転機嫌を直した武左衛門が、

「どなた様もよいお年をな」

と言うと土間からさっさと店先に向かった。

「品川さん、大つごもりの夜になにがあるとも限らぬ。それがし、夜半の店仕舞いまでお付き合いします」

「坂崎さんお一人にお任せしてよろしいですか」

「幾代様が待っておられましょう。徹宵させたことをくれぐれも坂崎が詫《わ》びていたとお言伝《ことづて》願います」

「坂崎さんのせいではないんですが、当人は蟇《ひき》の面に小便、なにも感じておらぬ」

柳次郎らが台所から消えて、場の雰囲気がなんとなく弛緩《しかん》した。

「坂崎様、うちの店仕舞いまでお付き合いいただくとは申し訳ございませんな」

「正直申して竹村さんとともに両国橋を渡るのがちと難儀でした。だが品川さんは、なにやかや言うても偉い。竹村さんに最後まで付き合うのですから」

と答える磐音におこんが、

「夜までは間があるわ。湯屋に行ってさっぱりして少し横になったら」

「湯か、よいな」

「着替えを用意するわ」

おこんがてきぱきと着替えに手拭《てぬぐ》い、湯銭まで用意して、磐音を店の裏口から送り出した。

「今年も最後の最後まで他人《ひと》様の世話で終わりそうね。なにかご利益があるといいけど」

「おこんさん、そのようなことを期待してはいかん。心がさもしゅうなる」

「坂崎さんや品川さんのような人ばかりだと、世の中、和やかなんだけどな」

と呟いたおこんが、

「所帯を持ったら私が家計はびしりと締めるわ。坂崎さんに任せていたら二人して日干しになるもの」

と宣告した。

「おこんさんと二人で日干しか、それも悪くない」

磐音はそう言い残すと、何度か行ったことのある加賀大湯に行った。

「おや、今津屋の後見じゃあございませんか。先日さ、由蔵さんと二人で味噌樽《みそだる》だか醬油樽《しょうゆだる》だかの前に立ち塞がり、必死で両手を広げておられるのを見ましたよ」

と番台から主《あるじ》の圭蔵《けいぞう》が言った。

「おおっ、あの姿を見られたか。道場の改築を知った者が悪さをしかけたのじゃ。えらい目に遭《お》うた」

と当たり障りのない返答をした磐音は、おこんが用意してくれた湯銭の包みを番台に置いた。

「へえっ、毎度有難うございます」

と包みを握った主蔵が、

「湯銭にしては多いな」

「おこんさんが持たしてくれたものにござる」

「祝儀までいただいてすみませんね」

とおこんの心遣いに感謝し、

「ゆっくりと一年の垢《あか》や憂さを晴らしていきなせえ」

と言った。

「そうさせてもらおう」

磐音が脱衣場に上がると二階から下りてきた浪人風の二人連れが、

「湯に入り、今年の悪い験《げん》を洗い流すぞ」

「来年は一陽来復《いちようらいふく》だとよいがな」

と言いながら、継ぎの当たった単衣《ひとえ》を脱ぎ始めた。

除夜の鐘を聞こうという大晦日に単衣を着るような浪人が江戸には増えていた。

幕府の景気回復策は掛け声ばかりで、下々が笑って暮らせる時代ではなかった。

なにしろ日光社参に期待をかけた幕府の御金蔵に貯えなどなく、社参の費用も今津屋をはじめとする江戸の商人たちの助けでなったくらいだ。

磐音も昨夜来の衣服を脱ぎ、おこんが持たせてくれた新しい下帯や襦袢《じゆばん》、綿入れとともに乱れ籠《かご》に入れた。

磐音は洗い場で丁寧に湯をかけて石榴口《ざくろぐち》を潜《くぐ》った。

湯気のため、行灯《あんどん》の灯りに湯船がおぼろに見えた。

大晦日の夕暮れ前に湯船に浸《つ》かっているのは、暇を持て余した隠居や身綺麗にして初詣《はつもう》でに行こうという職人衆、それに先ほどの浪人らだ。

お店はどこも夜半九つ（十二時）までが勝負、掛取りに回るほうも支払うほうも必死で戦場《いくさば》のような丁々発止の真剣勝負が繰り広げられる。生きるか死ぬか、この数刻に喜怒哀楽の駆け引きが行われるのだ。

「おや、今津屋の後見、こんな刻限から湯かね」

と今津屋出入りの鳶の親方捨八郎が湯船から声をかけてきた。

「年越し蕎麦の誘いを受けたでな、蕎麦を食して両国橋を渡り戻るのじゃ。その前に身綺麗にと湯に浸かりに参った。親方も仕事納めをなされたか」

「例年、今津屋の松飾りで仕事納めだ。これから一杯やって、浅草寺《せんそうじ》に繰り出すのさ」

「見せてもろうたぞ。今津屋の門松、いつもの年より立派に仕上がっておったな」

「今津屋は所帯も大きいや。まあ、この界隈では一番大きいねえ」

「親方たちが腕に縒《よ》りをかけて仕上げた、自慢の松飾りだからな」

とどこかの隠居が会話に加わった。

「相湯を願おう」

磐音も湯船の端から身を沈めた。

「それにしても、今津屋なくちゃあお上も立ちゆかないようだな。日光社参を支えたのは今津屋の力だからね」

「ご隠居、今津屋どのは音頭を取られただけで、多くの商人が加わっておられると聞いたがな」

磐音は当たり障りのない返答をした。

「これでさ、お上も商人から首根っこを押さえられたんだ。無理は言えねえや。今津屋は莫大《ばくだい》な金子を使ったかもしれねえが、損して得とれだ。今度は巡り巡ってお宝船が今津屋の蔵に横付けだ」

「親方、景気のよい話だが、商いもそう楽ではあるまい」

「いや、こう世の中が悪いとさ、山吹色《やまぶきいろ》はあるところに吸い寄せられるように集まるもんだ」

「ならば一番に親方の家に帆を下ろされよう」

「冗談言っちゃいけねえや。鳶の長屋に宝船が姿を見せるものか、おれたちの暮らしは宵越しの銭を持つのは野暮、きれいさっぱり使い果たして朝を迎えるのが粋《いき》というが、元々懐に宵を越すほどの銭はないのさ。それがおれっちの内情だ」

「わが暮らしと変わらぬな」

「後見もその口か」

「深川の長屋に戻れば、かさこそと貧乏神どのが悲鳴を上げておる」

「なんでこう今津屋のようなところにばかり小判が集まるかねえ。今晩一晩で今津屋の蔵には千両や二千両の金子が入ろうってもんだ」

「親方、入るということはそれだけ出もあるということじゃ」

「そうかもしれねえが、小判に埋もれて一晩くらい寝てみてえや」

「慣れぬことをすると、金冷えで腹下しを起こすことになる」

「違えねえ、浅草寺様の金の大黒に、来年こそは小銭でいいから懐に溜まりますようにとお参りしてこよう。それくらいしか思いつかねえ」

親方が苦笑いして、

「どなた様もよいお年を願ってますぜ」

と景気よく湯を揺らして湯船から上がった。すると背に彫られた金太郎が真っ赤に茹《ゆ》で上がっていた。

二

今津屋に戻ると店はさらにごった返していた。為替を換金する番頭、初売りに使う小銭だろうか、来春の釣銭を手際よく用意しようという商人。反対に棒手振りは、一文二文と稼いだ銭を一朱や一分金に換えていた。

「坂崎様、ちと和七《わしち》に付き添って伝通院《でんづういん》近くの旗本池田《いけだ》左衛門尉《さえもんのじょう》様の屋敷までご足労願えませんか。いえ、数日前に届けられるはずの返金が遅れました。案じていたところ、年内に返してさっぱりと春を迎えたいという使いが突然見えましてな、押し詰まった年の瀬になにがあるともしれません。坂崎様に付き添っていただけると安心です」

と由蔵がすまなそうに言った。

「暇を持て余しているところです、ちょうどよい」

磐音は由蔵に断るとまず台所に行った。するとおこんが、

「引き止めなきゃ、夜明しの上に御用に付き合うこともなかったのにね」

と間の悪そうな顔をした。

「なあに、皆が忙しく立ち働いておるところで、のうのうと寝られるものではない。湯に入ってさっぱりし、元気が出た」

磐音の手から汚れ物と手拭いを受けとったおこんが、湯に入って乱れた磐音の鬢《びん》を、自分の頭に挿していた櫛《くし》で整えてくれた。それをおそめが眩《まぶ》しそうな目で見つめていた。

「おそめちゃん、今津屋さんでの最初で最後の年越しだ、なんでもよく見ておく

がよい。そなたが縫箔職人になった時に役に立つでな」

「はい。おこんさんが坂崎様の御髪《おぐし》を直されている光景を、目に焼き付けておきます」

「なに、この光景を縫箔にするというのか」

「あらあら、ここにも北尾重政《きたおしげまさ》絵師のように油断のならない娘がいたわ」

「坂崎様、おこんさん、ずっとずっと何十年も先の話です」

「いや、おそめちゃんのことだ。何年後には下絵を描《か》く絹張りの枠の前に座っているやもしれぬぞ」

と三人が話しているところに、外出の仕度をした支配人の和七が顔を出した。

「後見、恐れ入りますがご一緒ください。ちょいと金子が張るものですから、私一人では心配です」

「老分どのから話は伺いました」

二人は夕暮れの表に出た。

米沢町の辻《つじ》では掛取りに回る番頭や手代たちが忙《せわ》しげに往来していた。そんな往来の風景に溶け込んで二人は神田川の土手道を遡《さかのぼ》った。

「押し詰まった刻限にようも大金が用意できましたな」

磐音はそのことを訊いた。

「池田様とは先代からのお付き合いでございますよ。このところ池田家ではお役に就かず寄合《よりあい》衆の席を温め続けておいでで、内所《ないしょ》が苦しゅうございました。うちには百両から百五十両の借金が残っておりました。それが当代になられて急に膨らんだのです」

「それはまた、どうされたのです」

「池田家ではどうしても長崎奉行にと猟官《りょうかん》に熱心になられて、あちらこちらに金子をばら撒《ま》かれたのです。気づいたときには五百両を超える金額に膨れ上がっておりました。老分さんの頭を悩ます一件でしてな」

「ご返済ということは、めでたく長崎奉行に就任なされたのでござるな」

和七は顔を横に振った。

長崎奉行は大身《たいしん》旗本が憧れる役職で、

「御調物《おしらべもの》」

という名目で、阿蘭陀《オランダ》と唐交易からあがる何分の一かの分け前に与《あずか》れる特権を有していた。それだけに、長崎奉行を務めると三代は潤う金子を蓄財できるともっぱらの噂だった。

「同じ遠国奉行でも山田奉行に、左衛門尉様はおなりになったのです」

「おや、当てが外れましたか」

伊勢山田の大廟《たいびょう》を守護する山田奉行は名奉行大岡越前守忠相《えちぜんのかみただすけ》も務めた要職だが、長崎奉行のような実入りはない。だが、大岡がそうだったように幕閣に昇進する大事な役職だった。

「老分さんも、山田奉行ではお立て替えした金子の二割も戻ってはくるまいとがっかりしておられましたが、全額綺麗に払われるとの使いの口上です」

和七は懸念をまぶした語調で言った。

「和七どの、なんぞ不安がござるか」

「いえね、池田様では三代にわたり、婿《むこ》養子を迎えられ、家付きのお内儀様の力が強うございます。特に当代の奥方紀子《のりこ》様は長崎奉行就位に熱心と聞いております。山田奉行の沙汰《さた》に怒り狂われたとの話も伝わっておりましてな、それが五百両を超える貸し金を綺麗さっぱり払うというのですから、老分さんも私どももちょいと狐《きつね》につままれたような感じでして、いただくまでは半信半疑です」

「ほう、それは確かにいささか訝《いぶか》しい」

磐音は気を引き締めた。するとなんとなく尾行がついているようで、昌平橋を渡って聖堂の坂道に来たあたりで目を配った。だが、往来にはまだ人影がある。なにかが起こるとしたら帰り道だと緊張した。

二人が伝通院横の池田家の門前に到着したのは大晦日の五つ（午後八時）過ぎ、あと二刻（四時間）で安永五年も幕が下りようという刻限だ。

旗本三千七百石の池田家の屋敷全体からは、荒れた感じが漂っていた。新春には山田奉行として赴く旗本家の威勢は感じられない。

「金子を頂戴したらすぐに戻られるな」

「四半刻《しはんとき》（三十分）とはかかりますまい」

「門を出た後は、それがしのことは忘れて店への道を辿《たど》ってくだされ。それがしの姿が見えずとも和七どのの傍に必ずおりますゆえな」

「なにか起こると思われますので」

「いや、用心のためです」

硬い顔で頷いた和七は、羽織の紐を結び直して身仕度を整え、通用口を叩いて訪《おとな》いを門番に告げ、すぐに中へと消えた。

磐音は人通りが絶えた屋敷町の暗がりで和七が出てくるのを待った。だが、約束の四半刻が半刻（一時間）になり、一刻（二時間）が過ぎようとした。

（やはり訝しいな）

と磐音が思ったとき、通用口が開き、和七が用人と思える男に見送られて姿を見せた。

「和七、大金ゆえ紛失いたすな」

「命に代えてもお店に持ち帰ります」

和七の声には酒に酔った響きがあった。

その和七の背で通用口が閉じられ、和七はいささか不安げな様子で磐音の姿を屋敷町の暗がりに探し求めた。だが、諦めたか、足早に水戸家の上屋敷の方角へと向かった。

磐音は和七の後ろ姿を見送りながら、なおも池田家の通用口に目をやっていた。

その懸念はすぐに当たった。

戸が静かに開き、池田家の家来か、四つの影がそっと忍び出て和七の後を追った。その一つは頭巾《ずきん》を被り、面体《めんてい》を隠していたが、先ほどの用人の年格好、姿に似ていた。

（大身旗本ともあろう池田家が夜盗の真似をしのけるか）

磐音は屋敷町の暗がりを伝い、和七を追った。

和七は包みを両腕にしっかと抱え、水戸家の長い塀を急ぎ足で神田川の土手道へ出ると、ほっとした様子で足を止めた。

四つ（午後十時）を回り、人通りが絶えていた。

どこの武家屋敷や町屋も除夜の鐘が鳴るのを待ち受けている気配があり、表には人影もない。

気温が先ほどより急激に下がっていた。

磐音は土手道を下る和七を闇に紛れて尾行した。

大金を抱えた和七は磐音の姿を探すように、きょろきょろとあちらこちらを見た。

夜空からちらちらと雪が舞い落ちてきた。

和七が首を竦めて、片手で羽織の襟《えり》を掻き合わせた。

そのとき、和七の行く手に四つの影が忍び現れた。

「な、なんでございますな」

和七が震える声で尋ねた。

頭巾の武家が黙って手を上げた。すると三つの影が刀を抜いた。

「そ、そなた様は池田様のご用人白鳥達蔵《しらとりたつぞう》様ではございませぬか。な、なんの真似でございますか」

「正体が知れたか」

「人を見るのが両替屋の奉公人です。白鳥様、なにをなさろうというのです」

和七は磐音が従っていることを思い出したか、強気に出た。

「和七、恨むならお方様を恨め」

「紀子様がなにを命じられたのです」

「そなたが懐にした五百三十五両は池田家の虎《とら》の子でな、左衛門尉様が伊勢山田に赴くため、屋敷が年を越すためにはどうしても要《い》る金子だ。なんとしても取り戻す」

「主《あるじ》の左衛門尉様は、このような理不尽な行為を許されたのでございますか」

「そなた、人を見るのが両替屋の奉公人と申したな、池田家では婿に入った主どのにはなんの力もないと見抜けぬか」

「猟官を必死に企てられたのも紀子様のお考えにございますか」

和七は訊くことだけは訊こうと肚《はら》を括《くく》ったか、さらに問うた。

「いかにもさよう。だが、お方様は山田奉行就任には満足されておらぬ。なんとしても早々に長崎奉行への転身を図るおつもりだ。そのために、和七、そなたが抱えた金子が要る」

「阿漕《あこぎ》に過ぎましょう」

和七はじりじりと後ずさった。

剣を抜き放ち、時を待っていた三人が無言の内に間を詰めた。

「三河以来のお血筋が絶えますぞ」

「そなたの指図は受けぬわ。われら、なんとしても池田家の隆盛を取り戻すのじゃ。そのためには……」

「私に死ねと申されますか」

「そのとおり」

三人が和七を取り囲もうとしたとき、土手下の暗がりから新たな影が忍び出た。

頭に雪を載せた磬音だった。

「後見、遅うございますよ」

「和七どの、よう頑張られた」

と声をかけた磬音が、和七と四人の間に割って入った。

「そのほうはなんじゃ」

「この年の瀬に怪しげな申し出、最初《はな》から疑っておりました。今津屋ではそのようなとき、坂崎様が密かに従っておられるのですよ、白鳥様」

「今津屋は用心棒も抱えておるのか」

と驚いた白鳥用人は、

「かまわぬ、水谷《みずたに》、そなたが日頃より自慢の真っ向唐竹《からたけ》割りでこの二人を始末いたせ。余裕はない、除夜の鐘が鳴り出せば初詣での人が出て参る」

白鳥用人が下知した。

水谷と呼ばれた家来は三人のうちで一番小柄な男だった。だが、足腰ががっちりとして胸厚の体格をしていた。

その水谷を中央に二人が左右に回った。

磐音は包平《かねひら》の下げ緒を片手で解《ほど》くと鞘ごと抜き上げた。

「なんだ、そのほう、本身を使うのが怖いか」

水谷が磐音に蔑《さげす》むような声を発した。

「煩悩を取り除く鐘が鳴ろうというとき、血を流す真似をしたくはござらぬでな」

磐音は鞘ごと引き抜いた包平を脇構《わきがま》えに寝かせた。

「言うたな」

水谷が剣を正眼から雪の舞う夜空に突き上げるように高々と移動させた。左右の二人が連動して、地擦りと突きの構えで水谷の助勢に回った。

間合いは三間。

遠くに提灯の灯りが浮かび、戦いの場へと近付いてきた。

「水谷、急げ」

白鳥用人の命に、するすると水谷が間合いを詰めてきた。突き上げた剣はそのままだ。いきなり間合いの中へと踏み込み、据物斬《すえものぎ》りでもするように磐音の脳天に叩き付けていた。

磐音は水谷の動きに呼応するように踏み込んだ。

一瞬、頭上から豪胆に振り下ろされる剣と、しなやかに弧を描く鞘のままの包平が生死の境で交わった。

剛直な剣を柔軟な刀遣いが凌《しの》いだ。

鞘のままに包平が水谷の太った脇腹を叩くと、

ばしり

という音が響いて、水谷の蟹《かに》のような横幅のある体が土手下へと吹っ飛んだ。

「おのれ！」

左手から突きが襲い来た。

その瞬間、磐音は右手に飛び、地擦りの剣を巻き上げようとした相手の首筋を包平で叩いていた。

どさり
と土手道に二人目が転がり、白鳥用人が悲鳴を上げ、和七が、

「残るは一人ですぞ」

と鼓舞した声が消えぬうちに、本身の突きと鞘に入ったままの包平の鐺《こじり》が交錯して、包平が三人目の喉を突き、後方へと吹き飛ばした。

一瞬の早業はひらひらと舞い落ちる雪の動きさえ妨げなかった。

「ああうっ」

と白鳥用人が呻いた。

磐音は走り寄ると、三人を置いて一人逃げ出そうとした用人の鳩尾を突き上げて転がした。

「お見事にございます、後見」

和七が褒め、磐音は鞘ごと抜いた包平を腰に戻すと、代わりに小柄《こづか》を抜いた。

「なにをなさるので」

「池田家にはちと反省してもらわねばなるまい」

磐音は土手道に転がった白鳥の頭巾を脱がせるとまず用人の髷《まげ》を切り、さらに刺客を命じられた家来三人の髷を次々に落とし、頭巾に四つの髷を放り込むと、

「お待たせしました」

と和七に言った。

「いやはや魂《たまげ》消ました」

と感嘆の声を洩らし、

「常日頃から老分さんやら新三郎《しんざぶろう》に坂崎様の刀捌《さば》きの見事さを聞かされておりましたが、さすがに旦那様や老分さんが全幅の信頼を寄せるはずにございますな。これほど鮮やかとは想像もしませんでした」

「和七どの、褒めすぎじゃ」

と答えた磐音が、

「池田左衛門尉様のお人柄を和七どのはご存じか」

「承知ですとも。と申しますのも、池田様の出は旗本四百七十石津浪《つなみ》様のご次男でしてな、津浪家も今津屋との取引がございます。津浪様は手堅いお家柄で、うちに金子を借用なされても必ず約定《やくじょう》をお守りになり、返金なさいます。左衛門尉

様の元の名は源次郎《げんじろう》様と申され、御家人の娘の許婚《いいなずけ》がおられたかに聞いております。それが紀子様の生母の千鶴《せんしゅう》様が、出入りの呉服屋の番頭が源次郎様のお人なりを誉《ほ》めそやすのを聞いて、紀子様との縁談を強引に進めたと聞いております。それが十三、四年も前のことでしょうか」

「お子はどうです」

「こちらは一男一女を授かり、婿養子を取らぬともようございます」

「夫婦の仲は」

「語弊があるかもしれませんが、源次郎様の第一の役目は種馬、第二は出世の道具というところでございましょうか。傍からは分かりませんが、夫婦仲がしっくりいっているとは申せますまい」

と答えた和七が、

「出入りの屋敷内のことを口にするのはご法度にございます。老分さんには内緒に願います」

と磐音に頼んだ。

「ご案じめさるな。旗本家が強盗まがいのことをしのけたのです。このままというわけには参るまい。できることなら池田家を潰しとうはござらぬ。そのためには左衛門尉様の人となりを知る要がござった」

「幕府に知られますと池田家は断絶でございましょうな」

「左衛門尉様が山田奉行として大役を果たされることが肝心にござろう。ただ、そのためにはちと大掃除がいるやもしれぬが」

「後見、どうなされます」

「はて、どういたそうかな。この髷が、ひょっとするとすべてを良きほうへと導くやもしれぬ」

「白鳥用人にすべて責めを負わせるのですか」

「それが一番よろしかろう」

「戹介は紀子様かもしれません。鼻っ柱が強いと評判の奥方ですから」

そのとき、また二つの影が磐音と和七の前に立ち塞がった。

三

「坂崎様」

和七が茫然《ぼうぜん》自失して声を洩らした。その語調には、

（一晩に二組もの夜盗が……）

という驚きがあった。

磐音は、雪が降ったりやんだりする土手道を塞ぐ二人の浪人をどこかで見たような気がした。

「そなたらとは確か加賀大湯で一緒であったな」

「いかにも」

と答えた浪人は、湯船の中で鳶の親方捨八郎らと磐音の問答を黙って聞いていたのだ。

「なんの用かな」

磐音は二人に仲間がいないことを確かめ、和七を背に回して自らが楯になった。

「除夜の鐘が打ち鳴らされようという押し詰まった刻限、われらの懐には銭が数枚しかない。話を聞けば今津屋は江都有数の豪商という。そこでそなたらが取り立てて参った金子を拝借したい」

「これは驚き入った次第かな。ご両者、悪い了見ですぞ」

「言葉とは裏腹に、まったく驚いたふうもないな。さすがは旗本家の家来どもをあっさりと撃退する腕前だな。用心棒の腕前はなかなかと見た」

「お褒めをいただき、恐縮にござる」

磐音は、白鳥用人らの失敗を遠くから見ながら、なおも強盗に執着する二人の窮状と自信を考えていた。

沈黙を続ける二人目が鯉口《こいぐち》を切ると剣を抜いた。その行動には決心した者が持つ潔さがあった。

正眼に置いた剣は微動だにせず、時を待った。

「お手前方、長年剣の道に勤《いそ》しんでこられたようじゃな。なにゆえ無謀な行動に走られる」

「剣では食えぬ。餓死する前にわれらの腕と運を試したい」

磐音と問答を繰り返す一人目が土手道に両足を開いて位置を探り、草履の裏を地面に馴染ませると左手を鞘元に置いた。

居合いを使うようだ。それも並みの技量ではない、と磐音は直感した。

「ご流儀は」

磐音は時を稼いだ。

夜半に到れば初詣での人々が神田川の土手道に姿を見せる。さすれば二人も悪い考えを放棄してこの場から退散するだろう。だが、このような時に限って人は現れなかった。

「林崎夢想流《はやしざきむそう》谷口一八《たにぐちいっぱち》。朋輩《ほうばい》の副賀常太郎《そえがつねたろう》は柳生新陰流《やぎゅうしんかげ》の修行者である」

「谷口どの、副賀どの、そなたらの域に達するにどれほどの汗と血が流されたことか。それが夜盗の真似とは勿体のうござる」

磐音は説得を続けた。

「そなたは直心影流佐々木玲圓門下じゃそうな」

「そこまでご存じか。われらが剣を抜き合えばどちらかが斃れ申す」

「承知」

「そなたらの苦衷を打開する方策もないことはない」

「もはや問答無用。われらは天命を一剣に賭《と》した」

「無益な道を選ばれましたぞ」

「なんとしても金子を摑《つか》んで春を迎えたい」

説得の時は過ぎた。

磐音は包平を抜いて、正眼に構えた。

池田左衛門尉の家臣が俄《にわ》かに強盗に変じたのではない。技量も覚悟も格段に違った。

磐音も包平を峰に返す余裕もない。
両者の間には、
「生と死」
の選択しか残されてなかった。
「和七どの、お下がりあれ」
磐音の言葉に、
ごくり
と生唾《なまつば》を呑《の》み込んだ和七が従った。
磐音は土手道に立つ二人の浪人を等分に見つめて、動きを読もうとした。だが、
二人は、
すいっ
と気配を闇に溶け込ませ、息も鎮めた。
(それがしが斃されれば和七どのの命もない)
そのことを改めて考えると、
「非情」
の二文字を自らに言い聞かせた。

遠くで人声がした。

二人の体から一瞬、濃密な殺気が漂い、不意に消えた。

(谷口か副賀か、どちらが先に仕掛けるか)

磐音には読めなかった。

正眼の剣を引き付けた。

磐音が踏み込むことを宣告した。

それでも副賀の正眼は崩れない。

どこで撞《つ》き出されたか、安永五年に別れを告げる除夜の鐘の一つ目が殷々《いんいん》と響いてきた。

再び雪が舞い始めた。

戦いの火蓋《ひぶた》が切られた。

谷口が低い姿勢で間合いを詰めてきた。

磐音も踏み込んだ。

(正面の谷口に集中する)

そのことだけを考え、正眼の剣を谷口の肩口へと落とした。

磐音の腰の辺りに身を凍らせるような冷気が押し寄せ、谷口の剣が弧状の光に変じて伸びた。

抜き打ちと袈裟《けさ》斬り。

寸余早く磐音の袈裟懸けが谷口の肩に届き、斬り割った。

ああっ
という絶望の悲鳴が磐音の耳元に響き、副賀が磐音に突進してきた。

磐音には副賀の攻撃に対応する余裕がなかった。

(斬られるか)

その瞬間、意外に近くから人の気配がして、

「おい、斬り合いだぜ」

という驚きの声が発せられた。

その声に副賀の攻撃の切っ先がぶれた。

その隙《すき》を突いて、斃れ込む谷口の体を楯に回り込み、副賀の一撃目をかろうじて避《よ》けた。

「大晦日に殺し合いか」

初詣での男たちが洩らした声に我に返った副賀が、片手拝みに谷口に詫びると土手道から走り去っていった。

「助かった」

磐音は洩らしていた。

正直な気持ちだった。

重い疲労が全身を硬直させた。二晩続けて斬り合いの場に身を置いた。

「坂崎様」

和七の声がどこか遠くでしたように思えた。


「二晩も続けて奉行所に通うとは、そなたの暮らしは一体どうなっておるのじゃ」

南町奉行所の御用部屋に座す磐音に、与力二十五騎同心百二十五人を率いる年番方与力笹塚孫一が呻くように言った。

火鉢に炭火が熾《おこ》り、磐音の眠気を誘った。なんとか意識を保った。

「笹塚様には事情が察せられましょう」

「おおっ、二晩ともに自らが動いたわけではない。巻き込まれたというわけだな」

「いかにも」

呂律《ろれつ》さえ回らぬようで舌先が重かった。

初詣でに行く職人衆に手伝ってもらい、谷口の亡骸《なきがら》を南町奉行所の、徹宵して新年の警備にあたる門前に運び込むと、奉行所には驚きが走り、和七と磐音は事情を訊かれた。

その上で同心が付き添い、和七は今津屋に帰された。だが、磐音は引き止められて、切れ者与力の御用部屋に呼ばれたところだ。

「そなた、頭巾に入れた髷を四つ持参していたそうだな、吟味方に、この一件は話せぬとも答えたそうだな」

「いかにも」

「そなたでなければ、辻斬りと間違われても致し方ないところじゃ。わしにも事情を話せぬか」

「笹塚様、この一件、旗本家の浮沈に関わります」

しばし沈黙した笹塚が訊いた。

「おれ一人の胸に留める、話せ」

しばし沈思した磐音は頷いた。

「今宵《こよい》は掛取りに従いました」

と前置きしてその事情を述べた。

「一晩に二組の強盗に襲われたか。呆れ返った次第かな」

さらに沈思した笹塚は、

「この一件、そなたが申すようにわれらの管轄外、御目付の仕事じゃ。忘れよう」

と明言した。

ぱちぱち
と手を叩いた笹塚に応えて若い見習い同心が餅網《もちあみ》、餅、海苔《のり》を載せた小皿と溜まり醬油を運んできた。

笹塚は受け取ると火鉢に餅を載せた。

見習い同心はさっさと下がった。

「今年くらい、そなたに迷惑をかけぬようにせぬとな」

笹塚の言葉はいつになく殊勝で優しかった。

廊下にまた足音がして、
ぷーん
と酒の香りが漂ってきた。

「笹塚様、こちらでようございますか」

例繰方《れいくりかた》同心の逸見五郎蔵《いつみごろぞう》が姿を見せた。逸見は南町奉行所の生き字引と呼ばれ、過去に起こった騒動の調べ書きを整理して記録する老同心だ。

「よい、入れ」

磐音と逸見は目礼し合った。二人は幾多の騒ぎで協力し合い、解決してきた仲だ。

徳利と茶碗《ちゃわん》が二つ、二人の前に置かれ、逸見が注《つ》ぎ分けた。

「坂崎、飲め」

と命じた笹塚は餅網の上の餅を箸でひっくり返した。

「笹塚様、谷口一八は先祖が讃岐《さぬき》藩士であったようで、書き付けを懐に持参しておりました」

「何代前か」

「藩を離れたのは元禄《げんろく》（一六八八～一七〇四）の頃のようです。ゆえに三代か四代前のことと推察されます」

「三、四代も前では讃岐藩に尻拭《しりぬぐ》いもさせられぬな」

「いかにも」

「坂崎を襲うたのがそもそもの間違いであった」

「年の瀬は運不運、人間模様の明暗を描き分けます」

「かようなご時世じゃ。谷口らがたれか別人を襲ったとせよ、江戸市中に骸《むくろ》がいくつも転がったところじゃ。相手が坂崎でよかった」

例繰方の同心が笹塚の前から姿を消した。

餅を焼き上げた笹塚が醬油を垂らし海苔に包んで、磐音の前に差し出した。

「そなた、年越しの蕎麦も食しておるまい。食べよ」

磐音は出された餅を黙々と食べた。


磐音が南町奉行所の門前を出たのは、安永六年（一七七七）正月元旦のことだ。

夜半にちらついていた雪はやみ、初日の出がそろそろ昇る刻限だった。

元日の総登城に向かう大名家が行列を揃えて通り過ぎた。武家方にとって正月三が日の御礼登城は欠かせぬ行事だ。将軍家と忠誠を誓い合う大事な日だった。

それを見送った磐音は、御堀に架《か》かる数寄屋橋を渡ろうとした。すると橋の袂《たもと》に女が立っていた。

おこんだ。

風呂敷包みを抱えていた。

「おこんさん、どうなされた」

「いくらなんでも、二晩も続けて斬り合う暮らしなんて変よ」

おこんは珍しく怒りの表情で磐音を詰《なじ》った。

「それがしが望んだわけではない」

「どうして他人のために自分の気持ちまで抑えて働くの」

おこんの詰問に磐音は答えられなかった。

「心配をかけたな、詫びる」

「詫びるだなんて。責めてなんかいないのに」

おこんの顔が悲しげに変わったが、憔悴《しょうすい》した磐音の様子に、
はっ
と気付いて身を竦めた。

「坂崎さんが一番悲しい思いをしているのに、私ったらそのことを考えもせずに」

曇らせた顔を、おこんは、
ぱあっ

と必死に明るい表情に変えて、磐音の手をとった。

「帰りましょう」

「おこん、そなたも寝ておらぬようだな」

「そんなこと、もうどうでもいいの」

「参ろうか」

「今日は旦那様からお休みを貰ったの。一緒に深川に帰りましょう」

「金兵衛どのと一緒に祝おうか」

磐音はおこんが抱えていた風呂敷包みを手にした。すると数寄屋橋の上に光が射《さ》した。

新しき年の最初の日の出だ。

「おこん、おめでとう」

「坂崎さん、おめでとうございます」

磐音はおこんの顔に日輪が当たるのを見た。白い顔が橙《だいだい》色に染まった。

「今年こそ穏やかな暮らしに立ち戻りたいものだ」

磐音が呟く。

おこんはもうそのことに触れなかった。

磐音の暮らしを支えているのが剣槍《けんそう》の場に身を置くことだった。

手を取り合った二人は数寄屋橋を渡り、町屋に入った。すると武家屋敷とは異なり、ひっそりと眠りに就いていた。

商家では大晦日過ぎまで掛取りに走り回り、支払いに備えて起きていた。そのせいで元日はゆっくりと休む。武家方と異なり、商家は二日からが店開きだ。

磐音とおこんが東海道、中橋広小路に出ると、新年の賀を述べるための大名家、大身旗本の行列が供揃えもいかめしく、次から次へとひっきりなしに通り過ぎていった。

二人は行列の間を縫って東海道を横切った。すると辻の一角で警備に当たる町奉行所同心から声がかかった。

「坂崎さん、ご苦労にございました」

南町奉行所定廻り同心木下一郎太だ。

「ご苦労は木下どののほうです」

磐音の言葉に首肯《しゅこう》した一郎太が、

「おこんさん、正月早々奉行所まで参られたとはお気の毒です。われら、つい坂崎さんのお力に頼り、このような仕儀に陥らせることになる。今年こそ坂崎さんの力を頼らず済ませたいものです」

一郎太の言葉におこんが、

「せめて正月くらい穏やかに過ごしたいわ」

と答え、

「これから深川に戻るのよ」

「金兵衛どのと新年を祝われますか。いかなる事態が起ころうと、われらは坂崎さんの三が日を邪魔せぬとおこんさんに誓いますよ」

と一郎太が言い切り、おこんが頷いた。

友に会釈《えしやく》して磐音はおこんと大川に向かった。その背を一郎太は黙って見送った。一郎太に従う小者の東吉《とうきち》が、

「坂崎様とおこんさん、似合いの夫婦《めおと》にございますね」

「おおっ、三国一の花嫁と花婿だ」

「忙しすぎるのかねえ、うちの旦那はいつまでも独り身だ。今年こそおこんさんのような方を見付けてくださいな」

と代々木下家に仕えてきた老小者が言った。

「馬鹿野郎、おれは好きで独り身を守っているんだよ」

と強がりを言った一郎太は、

(今小町のおこんさんのような女がそうそう転がっているものか)

と胸の中《うち》で呟いた。

四

磐音は元旦の朝湯から戻ってくるとその足で長屋に向かった。そろそろ金兵衛長屋の住人たちが目を覚まそうという刻限だ。

磐音は竈《かまど》の前の格子窓を開け、部屋に新しい風を入れた。冷たい風と一緒に光が射し込み、独り身の九尺二間の部屋を浮かび上がらせた。鰹節屋から貰ってきた木箱の上に、手造りの位牌《いはい》が三柱並んでいるのが見えた。

磐音は位牌の前の茶碗を手にすると井戸端に行った。まだだれもいない井戸端で若水を汲《く》み、茶碗を丁寧に洗うと新しい水を入れた。

再び長屋に戻った磐音は位牌に水を捧げ、

「慎之輔《しんのすけ》、琴平《きんぺい》、舞《まい》どの、新しき年おめでとうござる」

と呟きながら両手を合わせた。

「そなた方も承知であろう。奈緒《なお》どのが江戸を離れて山形城下の紅花《べにばな》商人前田屋《まえだや》内蔵助《くらのすけ》どのに嫁がれた。どうか二人の幸せを祈ってくれ」

磐音の耳に奈緒の兄、小林《こばやし》琴平の言葉が響いたように思えた。

(磐音、そなたという奴は……)

するとと女の声が応じた。

奈緒の姉の舞の声だ。

(奈緒はなんと幸せな女子でございましょう。磐音様が身を犠牲にして最後まで守ってくださいました)

(それが磐音という男よ)

舞の夫だった河出《かわで》慎之輔の声だ。

三人は豊後《ぶんご》関前《せきまえ》藩の藩政改革に絡み、敵方の奸計《かんけい》に堕ちて死んでいった者たちだ。

(磐音の周りも今年は大きな変化がありそうだな)

(おこん様と幸せになってくださりませ)

琴平と舞兄妹の声が響いた。

(われらの分、磐音が幸せにならねば困る。われらがなぜかような仕儀に陥った

か、無駄になるでな）

慎之輔の声を最後に黄泉《よみ》からの声は消えた。

磐音は位牌に再び手を合わせ、立ち上がった。

「お帰りなさい」

おこんの声が新妻のそれのように六間堀界隈に響き、仏壇の前に座っていた金兵衛が、

「ばあさん、今年は孫の顔が見られるかもしれないぜ」

と呟いて、鈴《りん》を鳴らした。

居間には銚子《ちょうし》と酒器が用意され、仏間から姿を見せた金兵衛と磐音におこんが屠蘇《とそ》を注いだ。

「婿どの、おめでとうございます」

「金兵衛どの、おこんさん、新年祝着《しゅうじゃく》至極にござる」

「今年もよろしくお願い申します」

三人が新年の賀を祝し合い、屠蘇を飲み合った。

「坂崎さん、お屠蘇を飲んだら少し横になるといいわ。起きた頃に、おせち料理で祝いましょう」

とおこんが二晩徹宵した磐音の身を案じた。

「それにしても呆れ返った次第かな、年の瀬に二晩も寝もせず他人のために働かれたか」

「お父っつぁん、人がいいにも程があると思わない。身を粉にし、嫌な思いをしながら走り回っているのよ」

「そこが、坂崎さんの偉いところだ。おこん、おまえはそのことを分かっちゃいないようだ」

「分かってるわよ。でもそこまでして走り回る要があるのかと思うだけよ」

金兵衛とおこんの父娘が言い合い、屠蘇の酒器を下げたおこんが代わりに燗《かん》をつけた酒を運んできた。

金兵衛が磐音に杯を持たせ、酒を注ぎ、磐音も金兵衛の酒器を満たした。

酒の菜に数の子、昆布、大根、人参の酢の物が出た。

磐音は一合ほどの酒で酔った。するとおこんが甲斐甲斐しくも隣部屋に敷いた布団に案内し、

「少し体を休めるのよ」

と命じた。

「長屋に戻って寝よう」

「今日だけは黙って私の言うことを聞いて。正月くらいゆっくりと横になるのよ。長屋にいるとだれが飛び込んでくるか分からないわ」

おこんが磐音の手をとって横にさせた。

「ではお言葉に甘えよう」

磐音は横になるとすぐに眠りに落ちた。その様子をおこんが愛おしそうに見詰め、小さな溜息をついた。

「おこん、おまえには勿体ないお方だ。大事にしなきゃあならないよ」

隣部屋から金兵衛の声がして、しばらく間があり、

「分かっているわ、お父っつぁん」

という声が応じた。


元日の夕暮れ前、おこんと磐音は富岡八幡宮《とみおかはちまんぐう》に初詣でに行った。

数刻熟睡した磐音は元気を回復させていた。おせち料理がおこんの手で整えられ、金兵衛とおこんの親子に磐音が加わり、改めて新年を祝う膳についた。

「武家方ではどんな膳で祝われるか知らないけど、うちでは今津屋で用意されて

いた料理をいただいてきたので、それで間に合わせるわ」

おこんが抱えていたのはお重に入れられたおせち料理だった。

「豊後では万事田舎《いなか》風でな、長崎との交易もあるゆえ唐風の味付けも加わっている。だがこのように彩り鮮やかな盛り付けはなく、黒々とした膳でな、子供心にも食欲をそそるものではなかった。ともあれ豊後の武家は江戸の方々のように洗練されてはおらぬ。ただ海のそばゆえ出汁は奢《おご》ったものだと聞いた」

「関前の鰹節は、近頃では江戸でも知られるようになったものね」

藩政改革の一助として豊後関前の物産を藩が一括して物産所で買い上げ、借り上げた御用船で江戸に送り込み、魚河岸《うおがし》の乾物問屋の若狭屋《わかさや》が取り扱うようになって、徐々にだが、

「豊後関前もの」

の名が知られるようになっていた。それは豊後から運ばれる海産物の量が年々増えていることでも分かった。

この案を創出したのは、同じ時期に江戸屋敷にあった河出慎之輔、小林琴平、坂崎磐音の三人であった。だが、藩改革を阻止しようとする国家老宍戸《ししど》文六《ぶんろく》派の奸計により、琴平と慎之輔は同士討ちのように斃されていた。

藩政を磐音の父の正睦《まさよし》が得て、この案が推し進められることになり、今津屋の口利きで若狭屋が取り扱うようになったのだ。藩の外に出て江戸に戻った磐音も藩物産所の開設を手伝った。

「雑煮だけは、亡くなったおっ母さんが作っていたものをうろおぼえにやってみたの」

とおこんが言った。

鶏で出汁をとったものに焼いた餅を入れ、三つ葉を浮かしたものだ。

「頂戴いたす」

磐音はおこんが作った雑煮に箸をつけて、にっこりし、

「これは美味《うま》い」

と満足の笑みを浮かべた。金兵衛もまたお椀《わん》の雑煮を食して、

「おこん、ばあさんの雑煮は辛いばかりだったが、おまえのは料理屋の職人が作ったようだぞ」

と味を保証した。

その瞬間、おこんの胸にそこはかとない幸せが温かく広がった。

地元の人々は朝のうちに初詣でを済ませていたが、それでも鳥居を潜ると拝殿への参道に参拝客たちが大勢いた。

「おや、坂崎の旦那、おこんさんといつ所帯を持ったんだい」

という声がして、この界隈を縄張りにしてやくざと金貸しの二枚看板を掲げる権造《ごんぞう》親分が羽織袴《はかま》姿で子分を引き連れ、立っていた。

「親分、まだ祝言《しゅうげん》は挙げておらぬ」

「今津屋に後添いが来たというじゃねえか。次はおめえさんとおこんさんの番だと巷《ちまた》の噂を聞いたんでな」

「所帯を持つときは知らせよう」

「祝いを考えなくちゃあな。おめえさんにはこれまでも世話になった。今年もよろしく頼むぜ」

と言う権造親分に、

「親分さん、坂崎さんを無闇《むやみ》に引っ張り出さないでくださいな。これからは私の許しがなければ駄目ですからね」

と睨んだ。

「旦那、今小町の尻の下にもう敷かれたか」

「そういうことだ」

磐音が鷹揚《おうよう》に答え、

「おこんさん、おめえさんの亭主になる人はなんとも不思議な人だねえ。なにをされようと憎めねえや。おこんさんもそんなところに惚《ほ》れなすったか」

と笑いかけた。

「親分、そんなところですよ」

「正月早々今小町からのろけを聞かされるとは呆れた次第だぜ。二人ともせいぜい幸せになりなせえよ」

「そういたそう」

親分らと参道の途中で別れた二人の背を見送りながら、権造親分が呟いた。

「これほど似合いの夫婦もないぜ。三国一の花嫁花婿だねえ」

磐音とおこんは拝殿の前で拍手《かしわで》を打ち、作法に則《のっと》って拝礼した。

磐音は豊後関前藩と坂崎家の安泰とおこんの幸せを、さらに最後に佐々木道場の増改築の無事完成を願った。

（いささか欲張りすぎたか）

と考えながら目を開けた磐音は、未だおこんが瞑目してなにかを念じる姿を見た。

おこんが不意に両眼を見開き、見詰める磐音と目を合わせた。

「なにを祈られた」

「内緒よ」

とおこんが答えたとき、

「おこんさん、坂崎さん」

という声が聞こえた。

二人が振り向くと、羽織袴の品川柳次郎と幾代の親子が笑みを浮かべて立っていた。

「明けましておめでとうございます」

幾代の祝賀の挨拶に磐音とおこんも応じた。

「母上が正月くらい富岡八幡宮にお参りしたいと言われるので、ぶらぶらと歩いてきたところです」

柳次郎が説明し、

「母上、こちらが今小町と評判の今津屋のおこんさんです」

「先ほどから、なんとお美しいお方かと見ておりました」

「品川様、からかわないでくださいまし」

と言うおこんに、

「柳次郎、今年こそそなたに、おこんさんのような方が現れるとよいのですがな」

「母上、おこんさんのような方がそうざらにいるものですか」

「そうでしょうね。そなたに相応の方が現れることをお願いしましょうか」

といつものような会話を交わして母と倅《せがれ》は拝殿に向かった。

初詣でを終えた四人は、幾代とおこん、柳次郎と磐音が肩を並べて八幡宮の境《けい》内《だい》から門前町へと出た。

「今津屋様は後添いを貰われたそうですが、お内儀様はもう江戸に馴染まれましたか」

幾代がおこんに訊いた。

「旦那様が心の広い方ですから、安心しておられるようでございます。それにお佐紀様は父親の右七《ゆうしち》様と一緒に小田原で脇本陣をしておられましたから、大所帯の切り盛りは慣れておいでです」

「となればおこんさん、そなたが今津屋さんを離れて坂崎様と所帯をお持ちになるのも、近いのではございませぬか」

幾代の問いにおこんの顔が、

ぽおっ

と恥じらいに染まった。

「未だ今津屋ではおこんさんの力を借りたいようで、なかなか辞めるわけにもいかぬようです」

おこんに代わり磐音が答えた。振り向いた幾代が、

「坂崎様、いつまでも今津屋さんの意を酌んでおこんさんを働かせてはなりませぬぞ。坂崎様がしっかりとその旨を今津屋さんに伝え、おこんさんを適当な折りに退《ひ》かせることが肝心です」

「母上が心配なさらなくとも、今津屋ではお二人のことは考えておられますよ」

「なに、お節介と言いますか」

「まあ、そういうことです」

「倅のお節介をしたくとも相手がおらぬでは、手の振り上げようも口の利きようもないですからね」

「おや、今度はこちらにとばっちりがきたぞ」

と柳次郎が苦笑いした。

「春を迎えて身の振り方を考えねばならぬのは、おそめちゃんにございます」

おこんが話題を変えた。

「おそめとは、縫箔職人になりたいという娘さんですね」

幾代が柳次郎から聞いて知っているのか問い返した。

「はい。この深川育ちの娘で、賢い上に心がしっかりとしております。おそめちゃんが江三郎親方のもとで修業を続ければ、縫箔の技を変えるほどの職人が生まれようかと存じます」

おこんが答え、磐音が、

「今津屋ではおそめちゃんの気働きを高く買い、お佐紀どの自ら引きとめようとなさったほどです」

と言い添えた。

「よほど賢い娘さんと見えますね」

「おこんさん、一度、江三郎親方に問い合わせねばならぬな」

「松飾りがとれたら、旦那様のお許しを得て親方を訪ねましょうか」

二人の会話を聞いていた幾代が、

「ほんに今津屋さんはよき人材をお持ちですね」

「母上、江戸の両替商六百軒を束ねる両替屋行司《ぎょうじ》です、老分どのから小僧さんまで大勢揃っておられます」

「柳次郎、そうではありません」

「そうではありませんとは、どういうことです」

「分かりませぬか。ここにおられる坂崎様は万石の大名家を切り盛りされるべきお人です。またおこんさんはお上を助ける大商人の今津屋の奥を仕切ってこられた方です。今津屋さんはそんな二人を重宝して、これからも手放そうとはなさりますまい」

「ああ、そういうことか」

「そういうことかと暢気《のんき》なことを言うようでは、今年もまた嫁の来手はありませぬな。母の苦労はなかなか消えそうにございませぬ」

とそこに戻って嘆いてみせる幾代に柳次郎が、

「母上、わが家に嫁が来たとしましょう。姑《しゅうとめ》と嫁はうまくいかぬのが通り相場。私はその間に入って気を揉《も》むのは御免です」

「なに、そなたは母をそのように考えておいでか」

「母上が格別と申しておるのではございませぬ。世の常を申したまでです」

「ああ、嘆かわしい。私はそなたに嫁が来たら、あれを教えよう、これも手伝おうと考えているのですがね」

「ほれ、それがいけませぬ。母上が嫁になにやかやと言われる度に、嫁は気重になっていくものです」

「おこんさん、私は孫の顔を見ることなくあの世に旅立ちそうです」

おこんは幾代と柳次郎の会話を微笑《ほほえ》ましく聞いていた。

「幾代様、品川様には可愛いお嫁様が絶対に参られます」

「そうなればよいのですが」

「おこんさん、母と内職に精を出す御家人の次男坊に、そうそう嫁の来手があるものですか」

「いえ、きっと近くに赤い紐で結ばれたお方がおられます」

おこんの言葉に、柳次郎の脳裏にある女性の像が浮かんだ。だが、それは何年も前に別れた幼馴染みの顔だった。

「あまり当てにせず待ちます」

柳次郎の言葉が磐音の頭を通り過ぎた。

正月早々だれかに見詰められているような気がしたからだ。

（いかぬいかぬ）

そのようなことばかり気にしていると、またおこんの機嫌を損じることになると、磐音は脳裏を掠めた殺気を忘れることにした。

第三章　鐘四郎の恋

一

磐音とおこんが金兵衛長屋の路地に入っていくと、松飾りの飾られた木戸口にいた長屋の住人の一人、付け木売りのおくまばあさんが立っていて、

ぽかん

とした顔付きで二人を見た。そして、素《す》っ頓狂《とんきょう》な声を張り上げた。

宵闇《よいやみ》の路地にほんのりと梅の香が漂っていた。

「ろ、浪人さんよ、正月早々女なんぞを長屋に連れ込んで、金兵衛さんに叱られないかね！」

その声に、元日の夜、長屋にいた面々が戸を引き開け、溝板《どぶいた》を踏んで姿を見せ

たが、

「おくまさん、しっかりしねえ。女もなにも、おこんちゃんじゃねえか」

と青物の棒手振りの亀吉《かめきち》が注意した。

「皆さん、明けましておめでとうございます」

笑みを押し殺したおこんの声におくまばあさんも、

「おや、声は確かにおこんちゃんだが、いつの間にこんなに大きくなったかねえ」

と腰の曲がった体で見上げた。

「大きいもなにも、今津屋に奉公して十年にもならあ。金兵衛さんの娘とは信じられねえが、今小町と評判の娘に育ったんだよ」

「おかしいねえ。この前まで棒切れ持って近所の男の子を集めては、脛を剝《む》き出しにして餓鬼《がき》大将を演じていたんじゃなかったかい」

「ばあさん、歳《とし》を取ると十年が一日かえ。だからさ、それは十年も前の話だって」

「月日が流れるのは、あっという間だねえ」

と答えたおくまが、

「ところで浪人さんと一緒だが、大家がうちの娘に手を出してと怒らないかねえ。おまえさんのお父っつぁんは分からず屋だよ」

「おくまさん、分からず屋で悪かったねえ」

木戸の前の路地を挟んで建つ差配の家から姿を見せた金兵衛が、

「坂崎さんはこの金兵衛が許した婿だ。ゆくゆくは祝言を挙げて夫婦《めおと》になる身だ」

とあっさり洩らしてしまった。まだ正月の祝い酒の酔いが残っているらしい。

「金兵衛さん、正月早々目出度《めでて》え話じゃねえか。するてえと浪人さんがこの長屋の大家になるというのか」

亀吉が訊く。

「馬鹿野郎、大事な婿どのにおまえら相手の裏長屋の差配などさせるものか」

「なら暮らしはどうする」

「浪人さんよ、おこんちゃんと所帯を持つのはいいが、金兵衛さんが付いてくるんだぜ。それでいいのかい」

「それはまずいよ。おこんちゃん、浪人さんと金兵衛さんの目の届かないところに駆け落ちしたほうがいいよ」

と長屋じゅうが姦《かしま》しく言い合った。

「おこんちゃん、浪人さんと所帯を持つというのは確かなことかい。金兵衛さんが勝手に思い込んでいるんじゃないのかい」

と水飴《みずあめ》売りの五作《ごさく》がおこんに念を押した。

「五作さん、本当のことよ」

「おや、あっさりと返答したね。長屋で祝いの一つも用意しなきゃあ、義理が悪いよ。祝言の日取りを教えておくれな」

「おたねさん、今津屋の奉公が残ってるの。それが明けてからのことになると思うわ」

「夫婦がさ、楽しい時はあっという間だよ。浪人さんをあまり待たせると悪い気を起こして浮気でもされると厄介だよ。奉公なんぞはうっちゃって明日にも祝言を挙げな」

とおたねが先のことを案じた。

「浪人さん、おめえさんはただにこにこと笑っているが、金兵衛さん付きでいいのかい」

亀吉が話をそこへ戻した。

「それがし、おこんさんと所帯を持つのであって金兵衛どのとではござらぬ。それに舅《しゅうと》どのはなかなかの人物、それがしには勿体ないくらいにござる」

「みねえ、亀吉。見る人が見れば金兵衛の評価はこれほど高いんだ」

「驚いたねえ。おこんちゃんと所帯を持ちたい一心で、心にもねえことを言ってんじゃねえかい」

「いや、本心にござる」

「当人同士が納得ずくなら仕方がねえや」

と答えた亀吉が、

「浪人さんよ、おこんちゃんと夫婦になるのなら、身辺を身綺麗にしなきゃならねえぜ。いつぞや、奥女中衆を従え、乗り物を六間湯の前に乗り付けたお姫様はどうなった」

話題はあちらこちらへ飛んだ。

正月の宵、暇を持て余していたようだ。

「ご心配なく。あのお方は織田《おだ》桜子《さくらこ》様といって、御典医桂川甫周《かつらがわほしゅう》どのと近々祝言を挙げられる」

「乗り物の様子といい、相手が御典医といい、おまえさんの知り合いはなかなかのご身分だ。なんでおまえさんだけがこんな小汚ねえ長屋住まいなんだ」

「五作、小汚ない長屋で悪かったな」

と金兵衛が喚いたが、磐音が長閑《のどか》にも、

「それがし、長屋の暮らしが性に合うておる」

と答えていた。

「その言葉遣いと、おっとりとした様子が曲者《くせもの》だ。おれはご大身の若様と見たが、いいのかい。屋敷のほうでさ、町娘と所帯を持ったというのでお家騒動にならねえかい」

「亀吉どの、ご案じめさるな。父上もおこんさんを承知にござる」

住人の興味と関心は尽きなかった。

「おまえたちがいくら揚げ足を取ろうたって無理な話なんだ。大事な婿どのが風邪《か ぜ》を引いちまう。ささっ、長屋に引き上げたり引き上げたり」

と金兵衛が五作らを長屋に追い戻した。

「それがしも明日は朝稽古に参るゆえ、これにて失礼いたす」

と磐音が金兵衛とおこんに言いかけると金兵衛が、

「元日くらいのんびりすればいいものを」

と名残り惜しそうな顔をした。

おこんも磐音を見た。

「朝稽古から早々に戻るゆえ、その足で今津屋へ送って参ろう」

「元日だけ特別にお暇をいただいたの。明朝早くお店に戻るわ。坂崎さんが稽古に出るとき、ご一緒するわ」

「ならば少々早いが迎えに参る」

「お休みなさい」

「金兵衛どのもおこんさんもよい夢を結ばれよ」

磐音は二人に言い残すと長屋へ戻っていった。


翌朝明け六つ（午前六時）の頃合い、磐音とおこんは両国橋を渡った。

二日目の登城の大名家や旗本たちが行列を揃えて橋を渡っていた。川面には初荷を積んだ荷船が晴れがましくも往来していた。

「お父っつぁんが酔ってべらべらと喋り、気を悪くしたんじゃない」

「そのようなことはない。金兵衛どのは正直な方だ」

「坂崎さんと私が所帯を持つことが嬉《うれ》しくてしょうがないのよ。だれかに話したくてうずうずしていたの」

「よいではないか。それに、それがしとおこんさんはもはや夫婦も同然の仲だ」

磐音の言葉に、おこんの脳裏に上州法師の湯の日々が過《よ》ぎった。思わず頰《ほお》を染めたおこんの手を磐音が握り、それをそっと握り返してからおこんが離した。

橋を渡るとおこんは今津屋の奉公人に戻る。

「帰りに寄って」

「そういたそう」

磐音はおこんを店の前まで送ると、佐々木玲圓の仮道場のある丹波亀山藩松平家へと足を早めた。

譜代《ふだい》大名亀山藩松平家は正月一日が恒例の年賀登城で、明けて二日は屋敷全体が長閑にものんびりしていた。

すでに稽古は始まっていたが、大半は佐々木道場の門弟だ。遠慮のない激しい稽古が続き、昼前には終わった。

そこで玲圓から新年の挨拶があった。

「安永六年、新しき年が始まった。おめでとうござる」

「おめでとうございます」

門弟たちが応じ、

「亀山藩松平家のご厚意で、われら正月早々稽古を始めることができた。有難き幸せである。初夏には改築した道場に戻れよう。一同、気を引き締めて修行に励まれよ」

「はっ」

と師範の本多鐘四郎ら門弟たちが畏まった。例年なら道場の真ん中に四斗樽《しとだる》をでんと据えて新年の酒盛りを行うところだが、他家の道場を拝借していてはそれもならず、磐音らは稽古着を脱ぎ捨てると道場の増改築現場を見に行った。すると先に松平家の道場を去った佐々木玲圓がいた。

師走《しわす》のうちに床下の補強が終わり、一気に柱や梁《はり》を立てるばかりになっていた。

「先生、左右に広がった道場を想像しますとわくわくいたします」

鐘四郎が玲圓に言う。

「本多、武具を納める部屋も広くとり、門弟たちが着替える控え部屋もこれまでの三倍にはなろう。銀五郎親方が風通しをよく考えてくれるゆえ、汗の臭《にお》いは薄れよう」

「それはなによりにございます。痩せ軍鶏とでぶ軍鶏の二羽だけでもきつい臭いを振りまいて耐えられません」

「師範、私どもだけが臭いのではございませぬ」

「いや、われらはもはや青臭い時期は過ぎておる。そなたら若い連中が着替えるところなど、とても耐えられぬわ。のう、坂崎」

　と鐘四郎は磐音に振った。

「師範にもそれがしにも、利次郎どのや辰平どののように青草が体内で燃えるような時期がございましたが、いまやそれもございませぬな」

「いえ、坂崎様、歳だけではございませぬ。師範は年中稽古着でおられますゆえ、われらとは違った臭さにございます」

「本多、若い連中にそう思われているようでは、今年も住み込みをやめられそうにないな。奥がなんとか今年こそそなたに嫁をと頭を捻っておる。ちと身綺麗にいたせ」

「先生、それがしに婿入りの口があるのでしょうか」

「楽しみにしておれ」

　と答えた玲圓がふと磐音を見て、

「坂崎、そなたが今小町と祝言を挙げるのは今年内か」

「周りに急《せ》かされておりますが、おこんさんが今津屋の奉公をいつ辞められるか。それに、それがしがかような暮らしでよいものか、迷ってもおります」

「と言うて、そなたはもはや屋敷奉公をする気はあるまい」

「ございませぬ」

「はっきりと申したな。そなたならば大名家ばかりか幕臣として召し抱えられようが、当人がそれではのう。それにそなたのことは今津屋が手放すまい。そなたの前には武家とは違う道が開けているような気がいたす」

「はい」

「商人《あきんど》に武士が首根っこを押さえられている時代だ、坂崎のような生き方もまた一つの道かもしれぬ。たれにでもできることではないからのう」

「ああ、坂崎には婿一人に嫁が何人も押しかけておる。それがしはおえい様が苦労なされてもまだ一人として嫁が見つからぬ。どうして世の中はこうも偏るかな」

鐘四郎が嘆き、でぶ軍鶏の利次郎が、

「師範、そう嘆かれるには及びませぬ。それがしも仲間にございます」

と慰めて、

「でぶ軍鶏から仲間扱いされるようではおれも終わりだ」

との言葉に一同から笑いが起こった。

「坂崎、暮れにな、地中から出た太刀と短刀の下げ渡しが決まったと知らせてきた。三が日が明けた頃、鶏飼百助どのの屋敷に案内してくれぬか」

「承知しました」

「先生、私の拙い勘でございますが、あの太刀は佐々木家の守り刀になるほどの作刀と見ました」

と痩せ軍鶏の松平辰平が請け合った。

「まあ、楽しみにしておれ」

とどことなく玲圓にも期待する様子があった。

鐘四郎と磐音は若い辰平らに誘われて、湯島天神から神田明神にお参りに行った。正月二日の昼下がりだ、大勢の人々がお参りに来ていた。

「坂崎、そなた、この界隈に小粋《こいき》な料理屋を知っておるというではないか」

「師範、われらが馳走になったところならば一遊庵です」

「おれもそこへ連れていけ」

「お参りのあと、訪ねてみましょうか。暖簾を掲げている様子なら軽く一盞《いっさん》を傾けますか」

磐音の返答に辰平らが、
わあっ
と歓声を上げた。

師走も元日もなく修行に明け暮れる日々だ。若い辰平らにとっては小さな変化が思いの外嬉しかったのだ。そのような気持ちは鐘四郎にも磐音にもあったから察せられた。

「ならば早々にお参りをいたそうか」

鐘四郎までが興奮の体《てい》で足を速めた。

一行は湯島天神から神田明神に回った。

鐘四郎は早々にお参りをと言ったが、一行の中で一番長い刻限、拝礼していた。

「師範、なにを熱心に参られたのです」

利次郎が訊いた。

「おえい様がそれがしの婿の口を探されていると先生に聞き、あまり迷惑になららぬよう、適当な口をお授けくださいと願うておった」

　真剣な口調だった。

「適当な口とはどのようなもので」

　神田明神の北側の坂道下には大勢の人々の姿があった。

「利次郎、そのようなことは口にすべきでないぞ」

「よいではありませんか。神様も大勢の人のお参りで聞き誤りがないとも限りません」

「それは困る」

　と真面目《まじめ》な顔をした鐘四郎が、

「まあ、欲をかいてもいかぬが、まずは歳の頃は二十歳《はたち》を二、三過ぎたくらいまでだな」

「師範とはだいぶ歳が離れますね」

「辰平、夫婦の仲は相応に離れたほうがうまくいくものだ」

「それから」

「五体健康で見目麗《みめうるわ》しく、人柄あくまで優しく、おれを大事にする女性《にょしょう》だ。家柄はこの際だ、そう高望みはせぬ。家禄《かろく》は二千石もあればよかろう。当然ながら男子はおらず、長女がよかろう。役に就いておるならなによりだ。舅、姑は婿をないがしろにせず、立てるお人柄ならば申し分なかろう」

一同からはなんの反応も返ってこなかった。

「どうした、辰平。望みが小さいと申すか」

「呆れました」

辰平が言い、

「そのような婿入りの口があれば、たれも苦労はいたしません。師範の望みは到底叶《かな》えられません」

「難しいか」

「婿を望む直参《じきさん》旗本ならば舅姑が小煩《こうるさ》く、親類一同が婿の一挙一動を監視して口を挟み、好きにできる金子とて持たせてくれますまい。それに相手の女は鼻ぺちゃか団子鼻、ずんぐりむっくりで気性ばかり荒く威張っておるのが通り相場です」

「そんな口しかないか」

「まずございません。坂崎様、そうですよね」

と辰平が磐音に意見を求めた。

「はて、それがしは格別本多様の望みが高いとも思わぬがな。師範のお人柄ゆえ、必ずやおえい様がよき方を探してこられよう」

「若い連中は世間のことが分かっておらぬな」

鐘四郎が少し元気を回復したとき、
わあっ
という声が響いて、前方の人込みが乱れた。

「なにをなされます。酒に酔っての狼藉《ろうぜき》、許しませぬ」

人込みの向こうから凜《りん》とした女の声が聞こえてきた。

「うちのお客様にございます。酒の酌をしろなどとは迷惑にございます」

必死の声はおかちのようだ。

一同が人込みを掻き分けて料理茶屋の前に進むと、大身旗本の倅と見える若侍が武家娘の手を取ろうとしていた。その後ろの小座敷から仲間が面白そうにその様子を眺めていた。

絡まれた娘は懐剣に手をかけていた。そのかたわらにはおろおろとした老女と小者《こもの》がいた。酔っ払いに絡まれて、店から早々に出てきたところのようだ。

「お市《いち》どの、そうお高くとまることもあるまい。正月ゆえ、時にわれらと付き合えと申しておるのだ」

知り合いか、若侍はお市と呼ばれた娘の手を強引に摑もうとした。

ぴしゃり
とお市に手を叩かれ、仲間が、
わあぁっ
とまた騒ぎ立てた。

お市は二十四、五歳か、利発そうな顔をしていた。

「おのれ、大人しくしておれば」

と顔を赤くした若侍が行動に出ようとしたとき、

「お待ちなされ」

鐘四郎が言いながらお市の前に出た。

「なんだ、そのほう」

「直参旗本の子弟のようだな」

「それがどうした」

「正月の祝い酒に酔うて、人前で醜態を晒すとは、恥ずかしくないか」

「おのれ、内輪の話に口出しいたすか」

と喚いた若侍が鐘四郎に殴りかかった。

その手を軽く払った鐘四郎が相手の頬桁《ほおげた》を張った。佐々木道場の師範に頬を張られたのだ、腰砕けにその場に倒れ込んだ。

「やりおったな！」

「町村《まちむら》、助勢いたすぞ」

と仲間たちが刀の柄《つか》に手をかけ、小座敷から飛び下りてきた。

「やめておいたほうがいい。われら神保小路の佐々木玲圓道場の門弟だ。またこの方は道場の師範を務めておられる本多鐘四郎様だ。そのほうらがいくら力んだとて敵わぬ」

松平辰平が機先を制して言い放った。

「佐々木道場だと。構わぬ。叩っ斬る！」

と立ち上がった町村を仲間の頭分《かしら》が、

「相手が悪い、この場は引き上げじゃ」

と言い放つと飲み代を投げ捨てるように払い、見物の人込みを強引に分けて逃《ちょう》散《さん》した。

緊張したその場が、

すうっと和んだ。

「ついお節介をいたした」

鐘四郎がお市と呼ばれた武家娘に謝り、娘が、

「危ういところを助けていただき、有難うございました」

と礼を述べ、名乗ろうとした。

「時節が時節、祝い酒に酔うておる者もいる。気をつけて屋敷に戻られよ」

鐘四郎が供の老女と小者に目配せしてその場を立ち去らせた。

その姿を鐘四郎が目で追った。

「坂崎様、ちょうどよいところに」

おかちが磐音に言った。

「こちらに師範の本多様を案内《あない》してきたところじゃ。席はあるかな」

「ございますとも」

と磐音の言葉におかちが張り切り、店の奥へと駆け込んだ。

磐音が鐘四郎を振り向くと、お市の一行が去った方向をなおも見ていた。

二

七草が過ぎ、磬音は佐々木玲圓の供で本所吉岡町裏の御家人、鵜飼百助を訪ねた。

磬音は佐々木道場の増改築の現場から出た太刀と短刀を布に包んで携えていた。

磬音はよく見知った御家人屋敷の門を潜り、庭の裏手に玲圓を案内した。傾いた門に松飾りはなかったが、研ぎ場の入口の柱にはそれが見えた。

天神鬚の百助の研ぎ場には働く気配があった。

嗄《しわが》れ声が響いて、ふいに磬音と同じ年頃の男が出てきた。手には木桶《きおけ》を提げていた。

（鵜飼様は弟子をとられたか）

磬音はそう思った。だが、思い直した。

鵜飼家は小なりといえども直参である。暮らしを助けるために研ぎが黙認されているのは、
一に武家の嗜み

一に一子相伝
ゆえのことであろう。弟子を取ればそれはもはや職人と化す。となれば、

「百助様のご嫡男《ちゃくなん》でござるか」

と磐音は訊いた。

「いかにも、百助の倅五十吉《いそきち》にござる」

「それがし、坂崎磐音と申す。百助様に願いの儀があって罷《まか》り越しました」

「包平《かねひら》の持ち主ですな」

とにっこり笑った五十吉が、

「お入りなされ」

と玲圓と磐音の二人を工房に通すために戸口を開けた。

「鵜飼様、新年明けましておめでとうございます」

と磐音が大小の砥石《といし》を前にした天神鬚の百助に声をかけると、

「貧乏御家人の家では早や正月は明けておる」

という言葉が返ってきた。

「それがしもすでに鰻割《うなぎさ》きの仕事を始めております」

と答えた磐音が、

「鵜飼様、本日は佐々木玲圓先生を案内して参りました」

百助の視線が玲圓に向かい、玲圓が腰を深々と折って、

「神保小路で道場を構える佐々木玲圓にござる。本日は願いの儀があって坂崎に案内を願うた。お聞き届けいただけようか」

と挨拶した。

短い言葉の中には鵜飼百助の、

「研ぎ技」

を尊ぶ気持ちが滲《にじ》んでいた。

「わがむさき研ぎ場に、当代一の剣術家が姿を見せられたか。ようお越しいただいた」

と気難しいと評判の百助が玲圓に丁寧に返礼した。

研ぎと刀の鑑定ではまず江都有数といわれる百助老だが、金子の力で研ぎをさせようとしたり、その人物には不相応な刀を研ぎに持ち込んだりしては、首を決して縦に振らず追い返した。

だが、名人は達人を知る道理だ。

玲圓と百助はすぐに相手の人物を理解し合って尊敬の念で応えていた。

「鵜飼様、このような太刀と短刀が、道場の地中に埋まっていた甕より出て参りました。まずはご鑑定願えませぬか」

と磐音が道場の増改築現場から現れた経緯《いきさつ》を話し、布に包んできた太刀と短刀、それらが包まれていた古裂《こぎれ》を見せた。

「ほう」

と天神鬚を片手でしごいた百助は、まず錦の古裂とともに二振りの刀を研ぎ場の神棚の三方《さんぽう》に載せて拍手《かしわで》を打ち、穢《けが》れを払った。

玲圓と磐音も百助に倣《なら》い、神棚に拝礼した。

研ぎ場に五十吉が戻ってきて、板の間に白布を敷いた。

百助は十字架《クルス》を織り込んだ古裂を仔細《しさい》に見た。だが、なにも言葉を発しなかった。さらに太刀の拵《こしら》えを丁寧に観察した。

「なかなかの造りにございますな。まずは江戸の作刀でも拵えでもない。天文以前の西国の戦国大名の持ち物、それが佐々木道場の地中から出たとは、天の配剤と言わずしてなんと言おうか」

百助は太刀を抜いた。

鎬造《しのぎづくり》で、庵棟《いおりむね》、鎬幅は狭いが腰反り高く優美な太刀だった。

ふうっと百助が大きな息を吐いた。

長い刻限、太刀を観察した百助は短刀に鑑定を移した。刃は鞘から抜けないほど傷んでいた。

百助は短刀の造りを長いことかかって調べ、玲圓と磐音に顔を向けた。

「いかがなさるおつもりか」

「できれば鵜飼どののお手で往時の輝きを取り戻していただきたい。拵えを元に復するのが至難なれば、当今の刀拵えにても構いませぬ」

「佐々木どの、修復と研ぎには時間《とき》がかかり申す」

「何年でも待ちます」

「言われるように傷みが激しいゆえ、往時の姿を取り戻すのは難しい部分もござろう」

「鵜飼どのの手でできぬとあらば致し方なき仕儀にござろう」

玲圓の返答はあっさりとしたものだ。

「鵜飼百助、生涯に二度となき機会やもしれぬ。まずはこの二振りを手元に置いてそれがしの手と目に慣らさせたい」

「ご随意に」

「方策はそのあと立て申す。方策がなった折りには神保小路に相談に参る」

「その折りを、三年後でも五年後でも待ち申す」

「佐々木どの、精魂こめて取り組みます」

玲圓が再び腰を折って願い、磐音も倣った。

門を出た磐音は、達人と名人の真剣勝負に立ち合った思いで気疲れを感じていた。だが、それは爽《さわ》やかさを伴っていた。

研ぎ料の話など一切出なかった。

磐音はこの仕事が金銭を超えた修復であり、研ぎであるということを、改めて知らされた。

「坂崎、そなたは奇妙な人物よのう」

「それがしがですか」

「今津屋のような豪商とも、鵜飼百助どののような名人気質《かたぎ》の御家人とも仲良う付き合える得難き気性よ」

と笑った玲圓が、

「こちらまで足を伸ばすことは滅多にない。坂崎、そなたが割いた鰻を食して参らぬか」

「宮戸川に案内せよと」

「迷惑か」

「鉄五郎親方が喜びます」

磐音は本所吉岡町裏から深川六間堀へと玲圓を案内し、北之橋詰に店を構える、

「深川鰻処宮戸川」

の前に立った。すると、
ぷーん
と香ばしい鰻を焼く香りが漂ってきた。

「おや、坂崎様、どうなさいました」

と女将《おかみ》のおさよが顔を覗かせた。

「本所吉岡町まで佐々木玲圓先生のお供で参ったところです。帰り道、先生が宮戸川の鰻が食したいと言われるゆえお連れいたしました」

「それはそれは、ようこそおいでなされました」

おさよに導かれて店に入ると、鉄五郎が焼きの手を休めて、捩《ねじ》り鉢巻を取り、

「玲圓先生、小汚い店にようこそおいでくださいました」

と挨拶した。

「親方、坂崎磐音が世話をかけるな。今や江都でも評判の鰻の蒲焼を食するよき機会と、坂崎に頼んだのじゃ。馳走してくれぬか」

「へえっ、腕に縒りをかけて、坂崎さんが割いた鰻を焼きますぜ」

鉄五郎が張り切った。

小上がりに上がった師弟二人は、おさよの漬けた自慢の新香と肝焼きで酒を二合ほど飲み合い、鰻の蒲焼を食して大満足した。

玲圓は、

「奥に土産《みやげ》にしたい」

と蒲焼を別に焼かせ、それを磐音が下げて六間堀から神保小路へと戻った。すると屋敷の前に本多鐘四郎がうろうろして、玲圓の帰りを待ち受けている様子があった。

「どうした、本多」

「はあっ、それが」

鐘四郎の態度にはどこか落ち着きがなかった。

「あのうそのう、先生を訪ねて参られました。それでお帰りはないかと、門前で待ち受けておりました」

　要領を得ない鐘四郎に、

「本多、熱でも発したか」

　と玲圓が顔を覗いた。確かに鐘四郎の顔は紅潮していた。

「いえ、熱などありませぬ」

「どなたが参られたのだ」

「ですから依田《よだ》様が娘御をお連れになり、お礼に参られたのです」

「依田様とはたれか、覚えがないがのう」

　と首を傾げる玲圓に磐音はふと思い付いた。

「師範、先頃神田明神下の料理茶屋で会うた女性がお礼に見えられたのですか」

「坂崎、だからそうなのだ」

　磐音は掻い摘んでその一件を玲圓に告げた。

「なに、そのようなことがあったか」

　とようやく得心した玲圓が、

「依田様はいつ参られたのだ」

「四半刻（三十分）、いや半刻《はんとき》（一時間）前でしょうか」

「本多、やはり熱に浮かされておるようだな」

と首を傾げた玲圓が鐘四郎を連れて、居宅に向かった。

磐音は鰻の包みをおえいに渡さんと同行した。

「坂崎、そなたも挨拶に出よ、本日の本多ではいかにも頼りない」

という玲圓の命に、磐音は鰻の包みを台所に届けた後、客間に戻った。すると神田明神で会った娘と、父親の西の丸御納戸組頭《おなんどくみがしら》依田新左衛門《しんざえもん》が玲圓と挨拶を終えたところであった。

「この者も、騒ぎの折り、同道していた坂崎磐音にございましてな、正月の祝い酒にちと酔うた若者を戒《いまし》めるくらい、この二人にはなにほどのこともございませぬ。それをご丁寧にもお礼に参られたとは、佐々木玲圓、かえって恐縮にござる」

「いえいえ、お市は、本多様方がその場に見えられなかったらどうなったか、それを思うと空恐ろしいと申しておりましてな、すぐにご挨拶をと思いましたが、正月のことゆえ、時節を待っておりました」

と新左衛門が言葉を返した。

「おまえ様、うちには御酒を、本多には扇をお持ちいただきました」

同席していたおえいが玲圓に伝えた。

「それは重ね重ね恐縮にござる」

と答えた玲圓が、

「酔った勢いでつい悪さを仕掛けた侍は、お市様存じ寄りの者にございますかな」

「はい、大方の者は承知しております」

お市が答えた。

「佐々木どの、その場にいた数人のうち、四人はそれがしの屋敷と門を並べる近隣の子弟にござるが、お市の話を聞くに一人だけ、西の丸付大書院御番組頭米沢《よねざわ》美濃守勝信《みののかみかつのぶ》様のご次男主水《もんど》様がおられたようで、四人はいわば主水様の取り巻きにございます」

将軍家の継嗣の入る西の丸には幕府の諸役と同じ役職があった。これらは幕府の若年寄《わかどしより》の支配下にあった。

町村某《なにがし》は米沢主水の命でお市を酒の場に誘おうとしていたのかと、磐音は納得した。

「まあ、若いうちは勢いでそのようなことをしでかすものにござる。お市様、若侍がなんぞ新たに悪さをしのけるようであれば、いつでもわが道場に知らされよ。本多や坂崎を差し向けますでな」

と玲圓が冗談に紛らして言った。するとお市が、

「佐々木先生、真《まこと》でございますか」

と真剣な顔で念を押した。

「本多、どうか」

玲圓が鐘四郎に尋ねた。

「そ、それがしでお役に立つと言われるのであれば、すぐに馳《は》せ参じます」

「本多様、ご迷惑ではございませぬか」

お市が真剣な表情で訊いた。

「なんの、迷惑ということがございましょうか」

鐘四郎の返答に玲圓が、

「うちは武辺《ぶへん》の者ばかりですが、なんぞお役に立つというのであればいつなりと声をかけていただきたい。ただし、お聞きすれば直参旗本のご子弟とか。先頃のことは酒に酔っての振る舞い、まず重ねて悪さはいたしますまい」

と補足した。

「うちは父が大人しいうえに女ばかりの屋敷ゆえ、つい甘く見られてしまいがちにございます」

とお市が答えた。

「依田様は西の丸付とお聞きしましたが、家基様はご壮健にございますか」

と話題を変えた。

「佐々木先生には家基様をご存じにございますか」

「いえ、一介の町道場主が西の丸様を承知しておるわけもございませぬ」

玲圓と磐音は、将軍家の継嗣家基が先の日光社参の折り、密行した道中に警護として従っていた。だが、幕府の中でも数人の者しか知らぬ極秘の事実を口にするわけもない。

玲圓はあっさりと返答し、

「わが道場には家治様御側衆《おそばしゅう》の速水左近様をはじめ、幕閣の方々も出入りなさるゆえ、家基様のご聡明なことを聞き知っており申す」

「それがし、家基様がご本丸に入られた折りのことを思うとわくわくいたします。佐々木先生が仰せのとおり、ご明晰《めいせき》な若君にございます」

と依田が忠心から家基の人となりを告げた。

依田新左衛門とお市の父娘が佐々木家から辞去したのは、玲圓が戻って一刻（二時間）後のことであった。

門前まで鐘四郎と磐音が見送り、父娘は道場の増改築現場を見物して別れを告げた。

二人が玲圓のもとに戻ると、

「本多、春から縁起がよいことであるな」

と言い出した。

「先生、なんのことにございますか」

「奥に聞けば、どうやらそなたに助けられたことがお市どのには嬉しきことであったようだというではないか。依田どのは、本多が独り者かどうか訊きに参られたそうな」

「先生、なんのためにそれがしが独り者かと訊かれたのでございましょうな」

「本多、娘の父親がそのようなことを訊くときは相場が知れておるわ」

「はあ」

「分からぬか。依田家には男子がおらぬそうな。お市どのの下は二人の妹御だけじゃ」

「それで」

「坂崎、そなたが説明せよ」

玲圓が鐘四郎を持て余したように磐音に命じた。

「依田家では師範を婿養子にと考えておられるのですよ」

「婿養子にこの鐘四郎を、ですか」

「本日の訪問はそのような意図があってのことと、おえい様は考えられたのです」

「それはなかろう」

鐘四郎はあっさりと否定した。

内儀のおえいはにこにこと笑いながら、男たちの会話を聞いていた。

「どうしてそう考えられますな」

「どうしてと言われても、それがしにそのようなことが起ころうはずもない」

「本多、女の勘はなかなかのものですよ」

おえいが答え、磐音が念を押した。

「師範、お市どののこと、お嫌いですか」

「嫌いもなにも、そのようなこと」

鐘四郎の浅黒い顔が真っ赤に染まっていた。

「坂崎、本多は関心がないそうじゃ」

玲圓の言葉に鐘四郎が慌てて、

「せ、先生、それがし、そのようなことは一言も」

「嫌いではないのか」

「そ、そのようなことは」

同じ言葉を繰り返す鐘四郎に玲圓が、

「どのようなことに相成るか、再び依田どのがわが家を訪ねて来られるようならば、間違いないことが分かろう。本多、そのときまでそなたの答えをはっきりさせておけ」

と命じた。

三

静かな日々が続いた。

宝暦《ほうれき》年中（一七五一〜六四）、亀山藩松平家では文武を奨励し、優秀な人材を藩政に参画させる制度を定めたほどだ。だが、ここ数年、文と商に力が偏り、武術鍛錬を疎《おろそ》かにしていた。

藩邸内に佐々木道場が移ってきたことに刺激を受けて藩内では再び剣術熱が蘇り、佐々木道場恒例の具足開きの勝ち抜き戦には門弟とともに藩士が多数参加して腕と力を競い合い、門弟と互角に戦う者もいた。

観戦した藩主の松平佐渡守信直《さどのかみのぶなお》は大いに喜び、

「佐々木道場が末永くうちにおると、藩全体の武力がさらに上がろう」

と、玲圓にそのことを願ったほどだ。

佐々木道場では師範の本多鐘四郎が張り切り、七人抜きをして最後に磐音に仕留められた。

そんな勝ち抜き戦が終わった直後の昼下がり、磐音がいつものように普請場《ふしんば》で大工ら職人の技を見ていると、鐘四郎がやってきた。

「だんだん形になると毎日が楽しみじゃな」

「いかにもさようでございます」

「それにしてもそなた、普請場がそれほどに面白いか」

「それがし、幼少の頃より屋敷に出入りする庭職人や大工の仕事を見るのが好きでしてね、大きゅうなったら親方のもとへ弟子入りしようと思うたほどです」

「ふーむっ」

と鼻で返事をした鐘四郎が、なにかを訴えたい様子でもじもじした。

「依田家より文が届いたようですね」

磐音は水を向けた。すると鐘四郎が、

「そうなのだ。それがしに異存がなければお市様との縁をかたちにしたいゆえ、返事を聞かせてほしいとの文だそうだ。先ほど先生からそのことを伝えられたのだ」

「それで勝ち抜き戦で張り切られましたか」

「年甲斐もなく力が入った。最後はそなたに軽くあしらわれたがな」

「そのようなことはありませぬ」

と答えた磐音は、

「師範のお気持ちは定まりましたか」

と問い返した。

「坂崎。依田家といい、お市様といい、それがしには勿体ないお話である」

「いえ、師範のお人柄に相応《ふさわ》しきお話にございます」

「そなたもそれがしの出自は知るまいな」

「そう問い返されれば、師範はそれがしが佐々木道場の門を潜った折りより住み込みで頑張ってこられ、お聞きする機会がございませんでした」

「それがしの二代前の先祖、本多文継《ふみつぐ》は大御番頭《おおごばんがしら》一の組の番衆であったが、大坂城に在番の命を受けて、江戸を離れたそうな。上方に在番したとある夜、不審火が出て、大坂城内の一部を焼いたとか。祖父は大御番頭井上将監《いのうえしょうげん》様や組頭に累を及ぼすことを恐れて、『不審火の不始末偏《ひとえ》に番衆筆頭本多文継にあり』との書置きを残して腹を掻き切られた」

「なんと、そのようなことが」

「その一件の後、すぐに一の組の井上将監様に江戸に戻る命が下ったのだ。下番した大御番頭と組頭は直ちに登城して、上様に帰任の報告をいたす習わしでな、番衆も揃って御納戸構えというところで上様の通御を待って御礼言上するのだ。その後、老中に在番中の報告をなす決まりだそうな。井上様は不審火の一件もあり、緊張して上様対面と老中報告を待たれた」

磐音が初めて聞く本多家の秘密だった。

通御の御礼言上とは、番衆全員が御納戸構えに平伏して控える前を上様が何気なく通りかかる体にて、御奏者番《ごそうじゃばん》に披露させるのである。

番衆は御目見《おめみえ》格とはいえ、二百石から精々三百石の家柄、直々のお目通りが叶うわけもない。そこでこのような方策を用いたのだ。

将軍家がいかにもお庭散策の途中という体でその場にお越しになると、御奏者番が、

「大坂より罷り帰り候《そうら》いし御番衆にございます」

と披露すると、将軍家より、

「何《いず》れも大儀」

との返答をいただいた。そこですかさず老中が、

「上意を蒙《こうむ》り、有難く存じ奉る」

と受け、御奏者番が、

「何れも倅ども」

と番衆の継嗣の披露をする習慣であった。だが、この時の通御御礼言上は違っていた。最後に将軍家が、

「本多文継、上方にて不慮の事故により死亡せしと聞き及ぶ。老中、よき折りを図り、本多家の相続を図れ」

と命じられた。

本多文継が井上将監以下、大御番頭一の組の犠牲になり、腹を召したことを御庭番から聞き知っていたのだ。

井上将監以下組頭一同は青くなったが、なんのお咎めもなく再び大御番頭に復帰した。

「……本多家の継嗣はそれがしの父、多聞《たもん》であった。だが、かたちばかりとはいえ、大坂在番中に不始末を起こしたのだ。騒ぎの後、江戸の組屋敷から追われ、市谷《いちがや》七軒町の裏長屋に住まいを移された。その後は大御番頭から奉公復帰の沙汰がくるのを待たれる日々であった。だが、一度下った命だ、そう易々と覆るわけもない。父上は鬱々《うつうつ》たる日々を釣りに紛らわされた後、亡くなられた。それがしが八つの折りだ、それから三年余、母上の手でそれがしは育てられた」

磐音は思いがけない鐘四郎の告白に息を呑んで聞いていた。

「母上はそれがし一人を育てるのに苦労なされる最中、内藤新宿の町名主より後添いにと望まれ、よくよく考えられた末にその家に入られたのだ」

「そのようなご苦労を、師範はなされておられましたか」

「母上の手で育てられている折り、苦労なんぞとは思わなかった。だがな、後添いに入られた先には義理の兄や姉がいた。武家育ちのそれがしとうまくいくわけもない。おれは祖父が通っていたという佐々木道場を一人訪ね、事情を告げて住み込みを願うたのだ。まだ、玲圓先生のご尊父が存命の頃でな、快く受け入れてもろうた。その折り、母上も付き添ってこられたが、どこかほっとされた表情でな、おれは無性に哀《かな》しかったことを覚えておるわ」

「母御はご健在ですか」

「おれを楽させようと考えられ、後添いに入られた末に、血の繋《つな》がらない子に苛《いじ》められ、おれが佐々木道場に入って数年後に亡くなられた。いわばいびり殺されたのだな」

　鐘四郎の告白の最後はさばさばと聞こえた。長年悩んだ末に到達した心境が乾いた物言いをさせていた。

「本多家で育てられた歳月の倍以上、佐々木道場で過ごしてきた。むろん大御番衆に復帰する望みなど毛筋ほどもない。幕府には新しく召し抱える余裕などないからな」

「先生はすべてを承知の上でこたびのことを勧めておられるのですね」

　鐘四郎が頷き、

「これまで何度か旗本家に婿入りする話を先生はそれがしに示された。本多家をそのようなかたちで再興させたいと考えられたのであろう。だが、それがしはお断りしてきた。剣術が面白くて仕方なかったからだ。それがしは生涯佐々木道場の番頭でよいとも考えてきた。だがな、そなたの生き方を見ておると、習わしに縛られず意のままに生きてもよいかと考えるようになっていた折り、こたびの話が持ち上がった」

「師範、よきお話です。お市どののとのお話、是非お進めください」

「そう思うか」

「無論です」

「本多家は、将軍家の親衛隊というべき大御番衆にはもはや復帰できぬことと相成る」

「師範、祖父どのが身罷《みまか》られて早二代が過ぎております。師範も言われたとおり、今の幕府には新たな奉公を考える余裕などございません。それは先の日光社参がたれの力で行われたかを見れば歴然としています」

鐘四郎はそうか、という体で何度も首肯した。

「本多家は西の丸御納戸組頭依田家として蘇らせるのです。名よりは実の奉公が肝心かと思います」

「そうだな」

鐘四郎はそれでも何事かを思い悩む体で考えていた。

「なにを思い迷われておられます」

「うーむ」

「師範らしくございませんね」

「そなたに笑われるようでな」

「たれが笑うものですか」

「聞いてくれるか」

「もはやそれがしは本多家の秘密を承知の者です。それ以上のなにがございましょう」

「それがしにはお市様は勿体なきお方だ」

「先ほど聞きました」

二人の会話の先で、大工たちが増改築する屋根の棟柱を渡していた。

春の陽射《ひざ》しがゆっくりと二人の影を移動させていく。

「笑うなよ」

「笑いません」

「依田家の話がうまくいくいかぬにかかわらず、一つだけ確かめておきたいことがあるのだ」

「なんでございましょう」

「御番衆は同じ御長屋に住む。戦場で上様の護衛として命を投げ出すために、日頃より番衆の結束を固めるべく昼夜をともにするのだ。祖父が上方で不始末の責めを自ら負った後、われらは組屋敷を出たと申したな。市谷七軒町の裏長屋に時折り顔を出してくださる同輩のお身内がおられた。祖父と同じ番衆篠原多左衛門《しのはらたざえもん》様の嫁女で、手を引いて連れてこられたのが多左衛門様の孫娘お千代《ちよ》どのであった。それがしより二つ下であったか。愛らしい顔立ちでな、長屋に住んでいた折り、一緒に遊んだ記憶もある。お千代どのに一度会うて、はっきりとこたびのことを決断したいのだ」

「お千代どのは未だ独り身にございますか」

「いや、同じ大御番頭の三の組の与力後藤助太郎《ごとうすけたろう》どのに嫁がれたと聞いたことがある。お千代どのと会うてなにをしようというのではない。幸せに暮らしているということを承知して、おれは依田家との話を進めたいのだ」

大御番頭は江戸城内外の警備巡回に当たる将軍御先手《おさきて》部隊で十二組あり、大坂在番もこの大御番頭が担当していたのだ。

十二組の番頭は五千石以上の大身旗本が務めていた。各番頭の下に四人の組頭、さらに番衆が五十人、与力十騎に同心二十人がついた。

大御番与力は二百俵の俸禄《ほうろく》で御目見以下であった。与力は一騎と数えられたが、馬は持てなかった。

「もしお千代どのがご不幸な暮らしをなされているとしたら、師範、どうなさいますか」

磐音から思いがけない問いを突きつけられ、鐘四郎は愕然としたように立ち竦んだ。

「いえ、お千代どのの暮らし向きが楽ではないという話ではございませぬ。そのような可能性もあるゆえ、その折りの師範の覚悟をお尋ねしているのです」

「坂崎、そのようなことは考えもしなかったぞ」

「お千代どののお暮らしよりは師範の覚悟が大事にございます」

鐘四郎はしばし沈思した。

「坂崎、お千代どのが幸せな暮らしをなされていようと不幸な暮らしをなされていようと、今の本多鐘四郎にはなんの手出しもできぬ。それはおれも分かっているのだ。だが、知っておきたい」

「知ればがっかりすることもございましょう」

「分かっておる。だが、本多家がお上にご奉公していた頃の幼き思い出の末を確かめて、新たな暮らしに踏み出したいのだ」

「分かりました」

「分かったとはなんだ」

「お千代どのが嫁がれた後藤家の御長屋はどちらにございますか」

「四谷塩町《よつやしおちょう》だ」

鐘四郎ははっきりと答えた。

「参りましょう」

「参りましょうとはどういうことだ」

「これから参り、お千代どののただ今をご覧になり、ご自分の気持ちに整理をつけてください」

鐘四郎は再び沈思した。そして、長い時が流れ、頷いた。

刻限は八つ（午後二時）を過ぎた頃合いと考えられた。

二人は神保小路の佐々木道場を出ると神田川に出て、右岸の土手道をひたすら上流へと歩いた。

神田川は船河原橋、里でどんどんと呼ばれる辺りで西から北へと方角を変える。二人は神田川と別れ、御堀端を牛込御門から市谷御門に向かい、市谷御門で御堀を渡った。

二人の歩く速度は変わりない。

尾張《おわり》中納言家の江戸屋敷の前を過ぎて、御先手組大縄地（御長屋）に差しかかった。四谷塩町はすぐそこだ。

「坂崎」

と鐘四郎が言った。

「どうなさいました」

「おれは馬鹿なことをしているのではないか」

「いえ、男子が一旦考えたことをやめるほうが、よほど浅はかにございます」

磐音が突き放した。

「そうか、確かめるべきか」

「当然でございます」

鐘四郎の歩みが鈍くなっていた。

「そなた、辰平らに奈緒どののことを話したそうだな。辰平が坂崎様に悪いことを訊いてしまいましたと相談に来て知った」

磐音は頷く。

「そなた、奈緒どのと永久《とわ》の別れをいたし、辛《つら》くはなかったか」

「それがしも人の子にございます。このまま時が止まればと思うこともございました」

「やはりのう」

「師範、それがし、友の母御の忠告に従いました」

友の母とは品川柳次郎の母親幾代のことだ。

「幾代様は、奈緒どのから必ずや別れの挨拶があるはず。そのときは会うことを躊躇《ためら》うなと忠言なされました」

「会うたそうだな」

「千住《せんじゅ》大橋まで見送りました」

「話はしたか」

「いえ、なにも」

「会わぬより、会うて互いの幸せを願い合うたほうがどれほどすっきりしたことか」

「諦めきれたか」

鐘四郎は再び沈黙し、歩き出した。

お千代の嫁いだ大御番頭三の組の与力が住まいする大縄地は、四谷塩町の長善寺の裏手にあった。

「師範、ここを訪ねられたことはありますか」

「ない」

と明言した鐘四郎は、

「だが、訪ねたいと思うたことは何度もある」

と告白した。

大御番与力の組屋敷は共同で住まいする御長屋だ。事情が事情である。門番に、

「後藤家を訪ねたい」

と訪《おとな》いを告げるわけにもいかなかった。

(どうしたものか)

と磐音が思案していると、門から棒手振りの商人が出てきた。青菜を売りに入

った棒手振りと門番との挨拶具合から、長年出入りを許されていると判断がついた。

「師範、棒手振りと話します」

鐘四郎は理由が分からぬままに磐音の指図に従った。棒手振りは大木戸の見える四谷大通りに出て、内藤新宿への道を辿ろうとしていた。

「ちと尋ねたい」

磐音の声に棒手振りが陽に焼けた顔を向けた。

「そなた、大御番与力大縄地から出て参ったな」

「へえっ」

「与力の後藤助太郎家とは出入りがあるかな」

初老に差しかかった棒手振りが、

「へえっ、ございました」

「ただ今は出入りをしておらぬということか」

「出入りしようにもできませんや。後藤様は廃絶になり、御長屋を出されましたんで」

「廃絶になったとは、またどうしてじゃ」

棒手振りの顔色が変わり、

「お侍様、なぜそのようなことをお尋ねになられます」

と訊き返した。

「不審は当然である。それがし、その昔に後藤助太郎様に世話になった者でな、久しぶりに江戸に出て参り、訪ねてきたところだ」

「後藤様が他人《ひと》様の世話をなされたとは驚きだ。なんたって、嫁様を迎えられて飲む打つ買うが激しくなり、御長屋で大博奕《ばくち》の胴元をなされて与力を辞める羽目になった方ですぜ」

「それがしの知る後藤様とはだいぶ違うぞ」

磐音があくまで知り合いの体で訊く。

「嫁のお千代様が来られてぐれたと評判ですがね」

「後藤様とお千代どのはその後、どこに参られたか知らぬか」

「内藤新宿の食売旅籠《めしもりはたご》、御番屋を訪ねてご覧なせえ。女郎屋の主《あるじ》と女将が大御番与力後藤助太郎様とお千代様の成れの果てだ」

鐘四郎が、磐音と棒手振りの会話を茫然自失として聞いていた。

四

江戸四宿の一、内藤新宿は甲州街道の最初の宿として、元禄十二年（一六九九）にその機能を備えて始まった。だが、食売女郎を置く旅籠が跋扈《ばっこ》して一般の旅人を困らせるというので、享保《きょうほう》三年（一七一八）、一旦廃止された。

そして、五十四年後の明和《めいわ》九年（一七七二）に再興されている。

磐音と鐘四郎が大木戸を潜った安永六年は再興から数年後のこと、旅籠五十二軒、食売女は百五十人が幕府によって許されていた。だが、実際にはその何倍もの女郎たちが働いていたと想像された。

夕暮れどき、鐘四郎と磐音は、甲州街道を江戸に上ってきた旅人の袖《そで》を引く御番屋の店先を眺められる醤油問屋の軒下に立ち、その光景を眺めていた。

往来に面して格子戸を開け放った板の間が張り出され、白塗りした女郎たちが旅人や江戸府内から遊びに来た若い衆に声をかけていた。

間口三間半から四間ほどの板の間に女郎が七、八人いた。

表通りでは三味線、小太鼓に簓《ささら》を打ち合わせて拍子をとる囃子方《はやしかた》が、見世に景気をつけるように派手に掻き鳴らしていた。

その前を荷駄《にだ》が行き、商いを終えた棒手振りや職人衆が道具箱を担いで通り過ぎていく。

時がゆるゆると流れ、御番屋に灯《とも》りが点され、暮れゆく光と相俟《あいま》って食売旅籠の見世先を艶《なまめ》かしくも彩った。

母親に醤油を買ってこいと命じられたか、四、五歳くらいの娘が磐音と鐘四郎が佇《たたず》む醤油屋に入っていき、

「番頭さん、醤油を一合くださいな」

と回らぬ舌で注文した。

「お亀《かめ》ちゃん、おっ母さんの使いかえ、お利口だねえ。あられを持っていきな」

と紙包みを娘にくれた様子だ。

内藤新宿仲町にはまだ正月の名残りがどことなく漂っていた。

鐘四郎は醤油を買いに来た娘に遠き日の自分を重ねるように見詰めていた。

磐音は、御番屋の見世先を覗いていく二人連れの旅人に板の間を移動しながら声をかけ、袖を引く若い食売を見ていた。

新米のようで、二人の旅人は隣の食売旅籠へと興味を示して歩き去っていった。

新米女郎は困ったような顔で逃した客の背を見送っていたが、番頭が、

「おかつ、女将さんがお呼びだよ」

と声をかけた。

食売の体が、
びくり
として顔に怯えた表情が走った。それでも奥へと姿を消した。

「馬鹿女が、うちは遊びで食売をやってんじゃないよ。こっちは、客を摑んでなんぼの商いだ。みすみす上客を逃す馬鹿がどこにいるんだえ。何度言ったら、分かるんだろうねえ、この女は。まず客の袖をぐいっと摑み、足を止めさせるんだよ。その生白い手で相手の顔でも胸でもひと触りしてみな、男はその気になるもんだよ！」

通りまで女将の声が響いてきた。だが、この界隈では女将の怒鳴り声はいつものことか、だれも気にしない。

三味線と小太鼓、篠のお囃子で掻き消され、叱られた娘が再び見世先に出てきた。

行灯《あんどん》の灯りがさらに強さを増し、御番屋の食売たちの化粧顔を浮き上がらせた。

鐘四郎が女将の声を聞いて、顔を横に振った。

「お千代どのの声ではありませんか」

「分からぬ」

と先ほどからの驚きに立ち直れない鐘四郎が呟く。

「師範、お千代どのに最後に会われたのはいつのことです」

磐音の問いに鐘四郎が茫洋《ぼうよう》とした視線を御番屋に向けて考えた。

「後藤助太郎どのと祝言話が起こっていると知らせてきたのは、昔の御長屋の仲間だ。それで一度だけ四谷塩町に赴き、使いに出てこられたお千代どのの姿を遠くから見たことがあった」

御長屋を訪ねたことはないと一度は否定した鐘四郎だが、真実は異なっているようだ。

「お千代どのがいくつの折りです」

「十八の春だ。あれから十数年の歳月が過ぎておる、声がどうであったか、幼き記憶で定かではない」

「あの声の主がお千代どのならば……」

「人違いであろう。最後に見たお千代どのが門番に挨拶する声は涼やかであった」

と棒手振りの老人の話を否定した。

御番屋の前をまた覗き込む三人連れがいて、女郎二人が職人風の客にまず飛びついた。三人目に新米女郎がなんとか話しかけ、袖を摑んだ。だが、動きは先輩女郎に比べ、ぎこちなかった。

客と食売の間に短い会話が飛び交い、二人はなんとなく格子戸の横手の玄関へと引き込まれた。だが、新米女郎は再び客を取り逃がしていた。

その場で立ち竦む新米女郎の前に、派手な色模様の小袖《こそで》を引き摺《ず》るように着た女が出てきて、いきなり持っていた長煙管《ながぎせる》の雁首《がんくび》で、

「ぴしゃり」

と女の手の甲を打ち据えた。

「この手に性根が入ってないんだよ！　必死で客を摑む心根が足りないんだよ！何度言ったら、この娘は分かるんだろうね」

とまた叩いた。

新米女郎が恐怖に顔を歪《ゆが》め、後ずさりした。

「小言を受けているときに逃げてどうするんだえ。在所に逃げて帰ろうってかえ。

おまえの身には大金がかかってるんだよ！」

女将らしい声と姿に鐘四郎はお千代の面影を重ねていたが、激しく首を横に振った。

「師範、人違いにございましたか」

「別人だ」

「戻りましょうか」

磐音が言ったとき、御番屋の見世先で平然と折檻《せっかん》する女将の視線が、通りをはさんだ磐音と鐘四郎に向けられた。

「お侍、女郎を買いに来たんだろ。そんなとこからおずおず見ていても女は寄っていけないんだよ。こっちにおいでな。今なら口開けだ、いい女郎が揃っているよ」

嫣然と言いかけ、長煙管で手招いた。

磐音がどうしたものかと迷っていると、鐘四郎がふらふらと女将の声に誘われるように通りを横切り、見世先に歩み寄った。

「おかつ、このお侍がおまえにご執心だとさ」

と長煙管の雁首で女の背を突いた。

「お千代どのか」

鐘四郎が女将に問いかけた。

「お千代どのかだって。おまえさん、だれだい」

と女将が鐘四郎を凝視していたが、少し肉がついた腰が、
すとん
と落ち、

「お、おまえ様は」

と狼狽《ろうばい》の声を上げた。

女郎たちがその様子を興味深そうに眺めている。

「それがし、本多鐘四郎にござる」

「鐘四郎兄様」

とお千代の口からこの言葉が優しくも洩れた。

鐘四郎はお千代からこう呼ばれていたのか。

「そなたが後藤助太郎どのと所帯を持たれたと聞き、それがし、幸せになれよと陰ながら祈っておった。じゃが、このざまはなんだ」

鐘四郎の言葉にお千代の形相《ぎょうそう》が変わった。

「なんだえ、おまえさん。縁起商売のうちにいちゃもんをつけに来たのかえ。昔、大御番衆の組屋敷に、確かに一緒に育った本多鐘四郎って野暮天がいたよ。それは遠い昔の話だね。何十年も経って催促受けた古証文のようじゃないか。いいかえ、時が流れれば男も女も変わるんだよ。おまえさんの爺様《じい》が上方で切腹して御長屋を追われたように、後藤の家もあの息が詰まる組屋敷から出されたんだ。その後、どう生きようと文句を言われる筋合いはないやね！」

と啖呵《たんか》を切ったお千代が、

「だれか、塩を持っておいで、縁起が悪いよ！」

と奥へ怒鳴った。

番頭がほんとうに塩壺《つぼ》を持ってくるとお千代は手をぐいっと突っ込み、塩をひと摑みすると通りに向かって派手に撒き、次いで鐘四郎の顔に投げ付けるように振りかけた。

鐘四郎の体は、ぴくりともしなかった。

しばらく二人は短い間合いで睨み合っていたが、鐘四郎は塩を悠然と叩《はた》き落とし、頭を静かに下げた。

「それがしの知るお千代どのではなかった、人違いであった。邪魔をいたしたな、御免」
鐘四郎は踵《きびす》を返すと、大木戸の方向へすたすたと歩き去ろうとしていた。
「へえん、なんだい、唐変木侍が。このお千代様に惚れていたのなら、惚れていたとなぜ言わないんだい。冗談じゃないよ、ほれ、塩壺ごと貸しな」
と番頭から塩壺を奪い取ったお千代は、塩を盛大に摑むと通りに向かって、
ぱあっぱあっ
と撒き散らした。
磐音は、白い塩が夜へと変わった内藤新宿の虚空に白く広がる光景を、そして、お千代が動揺する内心を覆い隠すように撒き散らす様を見詰めていた。
「坂崎、そなたの忠言を聞くべきであったな」
鐘四郎は茶碗酒を、
くいっ
と飲み干した。
ここは大木戸から東に、四谷伝馬町と麴町《こうじまち》十三丁目の境にある煮売り酒屋だ。
大木戸界隈で生業《なりわい》を立てる馬方、駕籠《かご》かき、職人衆や御家人屋敷の中間《ちゅうげん》らが集う、

安直な酒屋だった。

磐音と鐘四郎は灯りに吸い寄せられるように店に入り、酒と味噌田楽《みそでんがく》を注文したところだ。

手酌で茶碗に酒を注いだ鐘四郎が、

「時が流れれば男も女も変わるか」

「師範、お千代どのの言葉は本心ではございますまい。幼馴染《おさななじ》みの師範が突然姿を見せられて、驚きのあまり発せられた言葉にございましょう」

磐音は塩を撒きながら身を震わせていたお千代の姿を思い出しながら、鐘四郎に告げた。

「いつもの坂崎らしくないな。口から発せられた言葉は、本心と異なろうと一緒であろうと、それ自体が意味を持つのだ。おれは本日、愚かな行動をなした、時を遡ろうなどと考えたゆえな。時の流れは人を変える、確かだ」

「いえ、本多鐘四郎様は一途《いちず》に幼き頃の思いを貫き通されております」

「坂崎、世間ではそれを野暮天と申すのだ」

「ならばそれがしも野暮天侍にございますか」

「いかにもさよう。坂崎、飲め」

鐘四郎は、ちびちびと嘗《な》めるように酒を口にする磬音の茶碗に注ぎ足し、自ら二杯目をくいっと飲み干した。

「酒だ、酒をくれ」

「師範、今宵はたっぷりとお飲みください。酔い潰《つぶ》れたなら、それがしが道場までお連れします」

「本多鐘四郎、酒の一升や二升を飲んで酔い潰れると思うてか」

へえっ

と小僧が熱燗《あつかん》と湯気の立つ味噌田楽を運んできた。

「なんだ」

「酔われる前に一つだけお願いがございます」

「もはやお千代どののことはお忘れください」

「お市どののことを大切にせよと申すか」

「はい」

鐘四郎は茶碗を手に再び茫洋とした目付きをした。

「承知した」

と答えた鐘四郎が、

「坂崎、そなたが耐えて選んだ道を、おれも真似てみようと思う。そなたはおれの鑑《かがみ》ゆえな」

「鑑などと、おこがましき限りです」

「おれは明日、先生に、依田家への婿入り、相手様に支障がなければ進めてくださいと願うつもりだ」

「きっとうまくいきます」

「そうならねば、今宵付き合うてくれたそなたに申し訳ない」

鐘四郎は酒を飲み、磐音は山椒《さんしょう》が利《き》いた味噌田楽を頬張《ほおば》った。

二人は御堀端を四谷御門から市谷御門、さらには牛込御門へと下った。

鐘四郎の体がゆらりゆらりと左右に揺れ、磐音は鐘四郎の動きを見ながら歩を進めた。

「変なものじゃな」

「なにが変でございますな」

「おれもそなたも幼馴染みを失うた、この手からな」

と鐘四郎が両手を大きく広げた。

御堀端に往来する人の気配はない。水面《みなも》を伝った風が、二人の火照《ほて》った顔を冷たく撫でていく。

暗闇《くらやみ》の一角から梅の香がほのかに漂ってきた。

御堀に櫓《ろ》の音が響き、猪牙舟の灯りが闇をわずかに照らして流れていった。

「失うて得たものもございましょう」

「おこんさんか」

「はい」

と答えながら、かたちにならないなにかだと考えた。それでも、

「師範にはお市どのがおられます」

と言った。

「まだなんともいえぬがな。いずれにしても積年のもやもやが解きほぐされて、ほっといたした」

鐘四郎の言葉には後悔の念はなかった。

「ようございました」

どんどどーんという水音が行く手から響いてきて、闇がさらに深くなったようだ。

「何刻だ」

「さて」

煮売り酒屋で一刻半（三時間）か二刻（四時間）は飲んでいたか。

「四つ（午後十時）の刻限は大きく過ぎておりましょう」

「夜空には満天の星か」

と呟いた鐘四郎の足が止まった。が、体はゆらゆらと揺れていた。

「坂崎、待つ者がおると思わぬか」

「いるようですね。覚えはありますか」

「覚えは、あるようでない。このまますっきりとした気持ちで帰りたかったがな。無粋な奴らめが」

二人の胸に同じ考えがあった。

土手道に提灯の灯りが二つ点じられて、六、七人の影が浮かんだ。浪人者を交えた野犬のような群れだった。提灯持ちを二人連れていた。

「われら、懐にさほど金子は持っておらぬ」

鐘四郎が上体を揺らしながら言った。するとせせら笑いが低く伝わってきた。

「となると、たれかの差し金かな」

「一夜の商いを邪魔してくれたつけは大きいぜ」

着流しの男が答えた。その片手は懐に突っ込まれていた。匕首《あいくち》の柄《つか》に手がかかっているのであろう。

「ほう、そなたら、御番屋の女将お千代の命で待ち伏せしておるのか」

「旦那の後藤助太郎様も、縁起が悪いと申されてな。なにより内藤新宿で商売していくうえでよ、このままおめえらを帰したんじゃあ、女郎たちにも宿場にも示しがつかないと言うのさ」

「そなたら、お千代からおれたちの素性を聞いたか」

「どこぞの町道場に居候《いそうろう》してるんだろ」

「いかにもさよう」

着流しが顎をしゃくり上げた。すると浪人ややくざ者たちが剣や長脇差を抜いた。懐に片手を入れた兄貴分はそのままだ。

「坂崎、今宵は手出しをするでないぞ」

「承知しました」

鐘四郎が腰を揺すり上げ、大小を腰に定めた。すると先ほどまで揺れていた上体が、

ぴたり

と決まった。

浪人たちが鐘四郎の前に進むと半円に囲んだ。

鐘四郎が剣を抜いた。

相手が動こうとしたその出鼻に磐音が言いかけた。

「お手前方に言うておこう。本多鐘四郎どのは神保小路、直心影流佐々木玲圓道場で師範を務めておられる。心してかかるがよい」

ぐきっ

と相手方の動きが止まり、動揺が走った。

佐々木玲圓道場の名は江都に知れ渡っていた。

「佐々木道場の師範がなんでえ。たった一人だぜ。囲んで突き殺せ！」

着流しの兄貴分が命じ、勢いづいた野犬たちが鐘四郎に殺到した。

鐘四郎も踏み込んだ。

磐音は鐘四郎の怒りを呑んだ戦いを初めて目の当たりにした。

鐘四郎の剣が閃《ひらめ》き、酔っていたはずの五体が飛び跳ねる度に、一人またひとりと倒された。

「野郎、許せねえ！」

最後に兄貴分が匕首を腰撓めにして突っ込んできた。だが、鐘四郎は存分に引き寄せ、匕首を持つ手を斬り飛ばしていた。

一瞬の戦いに残ったのは提灯持ちだけだ。

「急ぎ医師のもとへ運べ。さすれば命は取り留めよう」

鐘四郎が淡々とした口調ながら厳然と言い放った。

第四章　履と剣

一

二月に入ったある日、磐音とおこんはおそめを連れて、縫箔《ぬいはく》の名人江三郎親方を呉服町に訪ねた。最初にこの家を訪ねて、ほぼ一年が過ぎようとしていた。

今日も仕事場にはぴーんと張った緊張と静寂の中、絹地に刺繡《ししゅう》針が、

しゅっしゅっ

と通る律動的な音だけが響いていた。

三代目の部屋に三人が通されると、江三郎が大きく成長したおそめを眩しげに見て、

「あれから早一年か。刺し台の前に座り込んでいると、時の移ろいを忘れてしま

う。おそめが大きくなったのを見て、おれも一歳甲羅《こうら》を重ねたかと、つい感慨に耽《ふけ》るぜ」

と苦笑いし、

「おそめ、職人になるのを諦めたか」

と問うた。

「親方、親方のもとで仕込んでいただきたいと、決心を新たにしております」

「ほう、驚いたねえ」

と応じた江三郎には言葉ほどの驚きはなかった。

「おそめ、おめえは中橋広小路の呉服屋山城屋を訪ねたそうだな。番頭の稲蔵《いなぞう》さんが、若い娘にその刺繡はどなたの作でございますかと尋ねられてびっくりしたと話してくれたぜ」

「はい。山城屋さんの前を通りかかったとき、意匠の見事さに思わず店に入り、失礼を顧みずどなたの作かとお尋ねいたしました。すると親方のお手になるものとのお答えをいただき、私の決心はますます固まったのでございます」

「呆れたねえ」

と答えた江三郎の顔に、隠し切れない笑みと満足が漂っていた。

「その話を聞かされ、おれの腕もまんざらではないとうぬぼれたぜ。稲蔵さんもおそめの夢を聞き、励ましたそうな」

おこんが江三郎親方の言葉に頷き、おそめがこの一年今津屋で奉公していたことを告げた上で、

「正直に申し上げます。今津屋でもこの一年の働きぶりを認めて、うちで奉公を続けないかとおそめちゃんを引き止めました。新しく後添いに来られたお内儀様がおそめちゃんを気に入り、うちから嫁に出すまで預かりたいとまで願われたのです。ですが、おそめちゃんの決心は、小揺るぎもしませんでした。事ここに至り、旦那様もお内儀様も、親方になんとかおそめちゃんを弟子に取ってほしい、親方が首を縦に振らないなら、吉右衛門が直《じか》に頼みに行くと言われて、まずは私どもが再度のお願いに参りました」

「おこんさん、天下の今津屋の大旦那にそう言わせる娘がおれのところに弟子入りを願っているなんて、嬉しいじゃないか」

「お願いできますか」

おこんの言葉に、おそめが親方の前に平伏した。

「おこんさん、公方様も一目置かれる今津屋吉右衛門様に仕事場に押しかけられ

たんじゃ敵わねえや。勿体ねえお言葉を聞いたぜ。おそめ、まず十年、辛抱できるか」

「はい」

「厳しいぞ」

「覚悟の前にございます」

ふうっ
と名人の三代目が息を吐いた。

「うちでもな、山城屋の番頭さんから、おれの仕事を見詰めるおそめの熱心な眼《まな》差《ざ》しを聞き、こいつは弟子にしなければなるめえと密かに覚悟はしてたんだ。女房とも話し、娘の住み込みを肚に固めていたところだ」

「有難うございます」

顔を紅潮させたおそめが再び頭を畳に擦《こす》り付けた。

「おこんさん、今津屋さんではいつおそめに暇を出されるね」

「親方の返事次第にございます」

「おこんさん、うちも娘を弟子に取るんだ、部屋を男弟子と一緒にするわけにもいくまい。ちょいと仕度も要る。また弟子入りには切りのいい吉日がよかろう。

今からおよそひと月後、弥生《やよい》半ばの桜花の候というのでどうだい」

おこんがおそめを見た。

おそめが頷き、

「親方、よろしくお願い申します」

と願って、おそめの江三郎親方のもとへの弟子入りが正式に決まった。

磐音は呉服町の通りに出て、澄み切った青空を眺め上げた。

「おそめちゃん、よかったわね」

おこんの声が快く響いた。

「おこんさん、坂崎様。この一年、真に有難うございました。お二人がいなければ、江三郎親方への弟子入りなど叶うわけもございませんでした。お礼を申します」

通りの真ん中でおそめは腰を折った。

「礼なんかやめて、おそめちゃん」

「おそめちゃんの本当の修業はこれからじゃぞ」

「はい」

頰を染めたおそめが明るく返事をした。

「坂崎さん、旦那様からもお内儀様からも、昼餉を食して来なさいとお許しを得ているの。またいつかのお蕎麦屋に行く」

「それがしの趣向がござる。お二人にはお付き合い願おうか」

「あら、また神田明神下のお料理屋さんに連れていってくれるの」

磐音が笑い、そのことには答えず二人を日本橋際に案内した。

日本橋近くの船着場には猪牙舟が客を待っていた。

「大川を渡って六間堀北之橋詰に行ってくれぬか」

初老の船頭に磐音が頼むと、

「へえっ、承知いたしやした」

と舫《もや》い綱を解《ほど》いた。

竿《さお》が石垣を突き、温《ぬる》んだ水面へと舟は出た。

「宮戸川に行くの」

「あちらでも本日のことを案じている者がおるでな。鉄五郎親方に昼餉のことを願うてきたのだ」

「手回しがいいわね」

おこんが褒め、おそめに、

「鰻で構わない」

と問うた。

「幸吉さんが私のことを」

「幸吉はたれよりもおそめちゃんの奉公を気にしておるのだ。一刻も早く知らせてやらねば可哀想《かわいそう》じゃ」

「私が縫箔屋に弟子入りするのに反対ではございませんか」

「今津屋で奉公を続けておればそれなりに無理も利こう。だが、江三郎親方のもとでの住み込み修業となれば、容易《たやす》く顔を合わせることも叶うまい。それを案じていることも確かだが、近頃は幸吉も修業のなんたるか、少しは悟ったようだ。幸吉は幸吉なりに、今日の日が来ることを密かに覚悟していると思うがな」

「そうでしょうか」

おそめの返事には懸念が漂っていた。

猪牙舟は無数の船が行き交う川面をゆっくりと下っていく。

「春真っ盛りね」

三人の頬を撫でる風も心地よい。

「これで花が咲くと、一気にぱあっと華やかになるのだがな」

「親方は粋な方だと思わない。おそめちゃんの弟子入りの日を桜花の候と定められたのよ」

「いかにも縫箔の名人の答えであったな」

猪牙舟は大川に出た。

「おこんさん、私はいつまで今津屋様にいることができましょうか」

「縫箔屋への奉公が決まったら深川に戻りたいの」

「いえ、そうではありません」

とおそめは首を横に振った。

磐音は、川面に反射した光が姉と妹のような二人の顔を照らすのを見ながら会話を聞いていた。

「無理を聞いていただけるのであれば、そめは今津屋様から江三郎親方のもとへ弟子入りしとうございます」

「おきんさんのところで過ごしたくはないの」

「もちろんおっ母さんや弟妹と過ごしたい気持ちはございます。ですが、ご承知のように大勢が暮らす狭い長屋に私が戻れば、さらに窮屈になります。それに

「……」

「それになに」

「恥ずかしゅうございますが、一日でも多く給金を稼いでおっ母さんの手に渡して行きとうございます。お父っつぁんは当てにならない人ですから」

「おそめちゃんの気持ちは分かった。旦那様とお内儀様にお願いしてみるわ」

「お願いいたします」

三人の想いを乗せた猪牙舟はゆらりゆらりと大川を上流へ漕《こ》ぎ上がりながら渡った。

小名木《おなぎ》川に架かる万年橋を潜《くぐ》り、三人には馴染みの六間堀川へと入っていった。

河岸の柳が風に揺れて、猿子橋、中橋と潜り、北之橋詰に猪牙舟は到着した。

すると水面の上に鰻の香ばしい匂いが漂ってきた。

今や深川鰻処宮戸川の名は江戸の通人の間に広まり、舟に乗って蒲焼を賞味に来る客が絶えなかった。

おこんとおそめを先に上がらせ、磐音が舟賃と酒手を払って河岸《かし》道に上がると、焼き職人の進作《しんさく》が、

「いらっしゃい」

とおこんらを迎えたところだった。

「親方には朝から頼んであった」

「へえっ、承知していまさあ。知らぬはだれかばかりなりってね。おそめちゃんの姿を見たらぶっ魂消《たまげ》ますぜ」

幸吉のことに進作が触れた。

「姿が見えぬが」

「近くのお店まで出前に行っておりますんで」

三人が店に入ると、入れ込みも小上がりも一杯の客だった。

「おこんさん、おそめちゃん、いらっしゃいな」

と女将のおさよが迎えてくれた。

「造作をかける」

磐音が応じるところに鉄五郎も奥から姿を見せて、三人にきびきびした挨拶をした。手に炭火が熾った火桶《ひおけ》を持っていた。桶の中で炭火がぱちぱちと跳ねた。

「坂崎さん、二階の小座敷をとってありますよ」

と階段を顎で差した。

「邪魔をします」

磐音はおこんとおそめを先に上がらせた。

「おそめちゃんの奉公、決まりましたかい」

「決まりました。名人の江三郎親方がみっちりと仕込むそうです」

「となると、うちの弟子の尻もこれまで以上に叩くしかないな」

と腕を撫《ぶ》した。

「幸吉とおそめちゃん、長い競争になりそうだ」

「へえっ、どっちも音《ね》を上げずに一人前の職人に育ってほしいもので」

「まったくにござる」

「今日はおそめちゃんの祝いだ。今、うちのやつに酒を届けさせます。ゆっくりと召し上がっていってくだせえ」

鉄五郎が言った。

二階座敷に上がると、おそめが緊張の様子で座っていた。

「どうした、おそめちゃん」

「私、この界隈で生まれ育ちながら、宮戸川のお座敷に上がったことなどございません。なんだか偉そうで、幸吉さんが腹を立てないかしら」

とおそめはそのことを案じた。

「本日は格別な日じゃ。幸吉も重々承知しておる」

「幸吉さんは、私が江三郎親方のもとへ願いに行くことを知っているのでございますか」

「いや、知らぬであろう。鉄五郎親方と女将さんには、おこんさんとおそめちゃんを招じることは伝えてあったがな」

おそめの顔にまた不安が漂った。

「鉄五郎親方が、おそめちゃんに負けぬように幸吉を一人前の職人に仕込むと改めて言うておられた」

と答えたとき、階下に、

「親方、ただ今戻りました」

という幸吉の声がした。

おそめが緊張に身を硬くした。

「幸吉、おさよを手伝い、二階に熱燗を持って上がりな」

鉄五郎の命に、へえっ、と答える声がして、
とんとんとん
と足音が響き、

「へえっ、お待ちどおさま」

と幸吉が熱燗の徳利と盃《さかずき》を盆に載せて姿を見せた。

「こちらさんで」

と言いかけた幸吉の顔が、ぱあっ、と明るくなり、

「おそめちゃんだ！」

と叫んだ。

「ど、どうしたんだよ。浪人さんとおこんさんもいてさ。おれを驚かそうってんで宮戸川に顔見せしたのか」

「これ、幸吉、お客様に対してなんという言葉遣いです」

と後から肝の白焼き、お新香を運んできたおさよが注意した。

「女将さん、だってよ、おそめちゃんがいるんだよ」

「それは分かってますよ。だけど、幸吉、座敷にお上がりになっていたら、それが知り合いでもお客様です」

「あっ」

と気付いた幸吉が敷居際に座り、

「ようこそいらっしゃいました」

と挨拶し直した。

「幸吉さん、元気そうね」

「へえっ、いえ、はい。元気にしておると思います」

おそめの問いに頓珍漢《とんちんかん》な返事をした幸吉が、

「女将さん。おそめちゃんとだけは今までの言葉遣いじゃ駄目ですか」

と許しを乞《こ》うた。

「おまえにそこまで求めても、応えられそうにないね。この場だけは大目に見てやろうかね」

「有難《ありがて》え」

と叫んだ幸吉が、

「一体全体どうしたんだよ」

「幸吉さん、まず手のお盆のものを、坂崎様やおこんさんの前にお出しくださいな」

とおそめが言った。

「あっ、そうだった」

慌てて徳利と酒器が客の前に回され、おこんが徳利を摑もうとするのを、

「おこんさん、本日の一杯目はそめに注《つ》がせてください」

と願った。

徳利を両手に持ったおそめが磐音に差し出し、

「本日はご足労いただき、真に有難うございました。坂崎様とおこんさんのお力添えで、そめは夢を叶えることができました」

と磐音が構える酒器に注いだ。

「お、おそめちゃん、縫箔屋の奉公が決まったのか」

「幸吉さん、そういうこと」

と笑ったおそめがおこんの盃にも酒を注いだ。

「おこんさん、おこんさんのご親切は生涯忘れません」

「わずか一年だったけど一緒に働けて楽しかったわ。残り少ない奉公だけどよろしくね」

「はい」

磐音とおこんが盃の酒をゆっくりと飲み干した。

「そうか。おそめちゃんは、やはり職人になるのか」

「幸吉さん、怒った」

おそめが不安げな表情で訊いた。

「いや、なんで怒るものか。おそめちゃんが決めた道だ、頑張って最後までやり通してくんな。おれも負けねえように精を出すからよ」

幸吉がきっぱりと言い切った。

「有難う」

というおそめの言葉に重なって鉄五郎親方の、

「幸吉、よく言った。それだけでもおめえが大人に近付いた証《あかし》だ。長い競争になるが、互いに励まし合い、二人していい職人になるんだぜ」

と励ました。

二

「割きは三年蒸し八年、焼きは一生」

鰻料理の世界の教訓は、ずっと後年になって料理人たちの間で言い交わされたものだ。

鰻の蒲焼が流行《はや》りだしたばかりの安永期の江戸では、鰻屋の親方も手探りで己の味を追求していた。

鉄五郎は自分の経験を職人に生かそうと、職人見習いに入っただれにも鰻の笊《ざる》立《た》て、まな板洗い、道具洗い、串洗いなどを経験させて、鰻の動きや店の仕来《しきた》りなどを教え込んでいった。

幸吉は深川界隈では鰻捕りの名人として知られ、川魚や獲物を売って生計《たつき》を支えてきたほどだ、鰻のことをだれよりも承知していた。だが、鰻の生態を知るだけに、鰻の割きをやらせてみると意外に上手く扱えなかった。

鉄五郎はあえて幸吉に、

「おしょお」

での修業を禁じてきた。

おしょおとは死んだ鰻のことで、使い物にならないものを呼んだ。このおしょおを割くのは、活きた鰻よりも何倍も難しいといわれた。

死んだ当初の鰻は皮がやわらかくなり、反対に身は硬くなった。それで扱いが難しいのだ。だが、一方で鰻特有のぬるぬるとした動きがない分、包丁を入れ易いともいえた。おしょおを見習いがいくら傷つけようと、売り物でないだけに親方は気楽にあてがうことができた。

鉄五郎は幸吉がすでに鰻の生態や動きを承知しているものとして、

「おしょお」

ではなく、

「活鰻」

を与えて割くこつを覚えさせようとした。それは幸吉にとって、

「忍耐」

の時であり、親方鉄五郎らにとっては、

「我慢」

の時期であった。

長い迷いの末に、幸吉は割きのこつをなんとか習得しようとしていた。

その朝、磐音は自らの仕事に専念しながらも幸吉の立てる音に耳を傾けていた。

鰻を入れた竹笊《たけざる》から、鰻の半身と尾の間を摑んで取り出し、背を手前にして割き台のまな板に載せ、鰻包丁で背首に一筋切り口を入れる。その切り口に人差し指を入れながら、錐を用いて穴をうがつのだ。さらに錐の頭を包丁で叩いて鰻を安定させる。

それから改めて切り口に包丁の切っ先を入れて背割きにし、内臓、椎骨《ついこつ》を取り

除いて、最後に背鰭《せびれ》、尾鰭を落とすのだ。

この割き仕事の間に、

「音」

が立つ。

職人にはそれぞれ一人ひとりに間があって、独特の律動を醸し出す。次平には次平の音があり、松吉には松吉の音があった。

むろん磐音には、音と間が渾然《こんぜん》一体となって流れるような律動があった。鉄五郎親方が、

「幸吉、坂崎様の音をよくよく聞くんだよ。あれが技を習得された達人の音だ。どこにも緩《ゆる》みがねえ、無理がねえ。まるでさ、名人上手の鼓《つづみ》を聴くようじゃねえか」

と言い聞かせたが、見習いの文字がとれない幸吉にはまだ無理なことだった。

だが、その朝、磐音は幸吉が手順手順に出す音がつながりを持ち、流れるようになってきたことに気付いていた。

「幸吉、よう頑張ったな。その意気で手を抜くでないぞ」

と作業の合間に声をかけた。

「坂崎様、頑張ったなって言われても、いつもの仕事をしてるだけですよ」

「いや、そうではない。そなたの立てる音が、耳に心地よく響くようになったのじゃ」

「そうかな。まだ私には分かりませんよ」

と答えた。

「まあ、よい。そのこつを忘れるでないぞ」

「はい」

しばらく無言の作業が続いていたが、裏庭に鉄五郎が出てきて、

「さすがは坂崎さんだ、幸吉が立てる音に気付かれた。おれもその言葉を聞いて幸吉の動きを窺ったが、だいぶ無駄がなくなったな」

と褒めたものだ。

「親方」

幸吉が手を休めて鉄五郎を見上げた。

「おそめの固い決心が幸吉に張りを与えたかねえ。だがよ、幸吉、ここで一人前になったなんて勘違いしちゃあ元の木阿弥《もくあみ》だぜ。修業はなんでも十年で半人前と思え。それも漫然と日を送っていちゃあならねえ」

「手先まで気を張って十年ですよね」

と幸吉が鉄五郎の十八番《おはこ》を取った。

「そういうことだ」

この朝、宮戸川の裏庭は春風が吹き抜けたようで、磐音たちの気持ちも明るくなった。

いつものように朝餉を馳走になっているとまだ暖簾を上げてない店に人影が立ったようで、それが帳場まで入ってきた。

「おや、木下様」

と鉄五郎が影の主に声をかけた。

「朝餉の刻限とは承知していましたが、ここで坂崎さんを見逃すと神保小路の道場で昼過ぎまで体が空きませんから、押しかけました」

「ということは、南町で御用だ」

磐音に代わり、鉄五郎が応対してくれた。

おさよが鉄五郎と磐音に茶を出すついでに、一郎太にも、

「茶だけは鰻屋です、奢ってます」

と差し出した。

「坂崎さん、棒振り稽古はお休みのようだよ」

「造作をかける」

鉄五郎の言葉に一郎太が、

「いえ、南茅場町《みなみかやばちょう》の大番屋《おおばんや》に立ち寄っていただければそれで済むことです。その後、佐々木道場に参られるのはご随意にとの笹塚様の言伝です」

と一郎太が、南町の同心でもない磐音を呼び出しに来た遣いの口上を述べ、

「相すみません。勝手なお願いばかりで」

と謝った。

「南町とは腐れ縁です。参りましょうか」

と磐音が言い、おさよに、

「馳走になりました」

と声をかけると、空の器が載った膳に向かって合掌した。

木下一郎太は奉行所の御用船を六間堀北之橋際に待たせていた。

初夏のきらめきを予感させる光が深川界隈に満ちていた。

磐音は手にしていた菅笠《すげがさ》を被った。

磐音と一郎太が船に乗ると船頭役の小者《こもの》が黙って竿を差し、橋から離れさせた。

「なにか出来《しゅつたい》しましたか」

船の真ん中に向かい合うように座った磐音が一郎太に訊いた。

「奇妙な殺しが三件ばかり続いておりましてね。いえ、三つとも南町が関わっていたわけじゃないんです。先の二つは北町奉行所の月番中に起こり、なんとなく情報が洩れてきた程度です。それが今朝方、首尾《しゅび》の松あたりで、船頭の乗っていない猪牙が下流に向かって流れていくのを荷足《にたり》舟の船頭が見かけて、船を寄せた。すると猪牙の胴の間に侍が倒れていたので、慌てて近くの番屋に知らせたというわけです」

「武家は殺されていたのですね」

「はい。死因は刀傷ではございません。首の骨、胸骨、右肘《ひじ》と、凄《すさ》まじい打撃を受けて死んでおりました」

「凶器は木刀かなにかですか」

「私もちらりと亡骸《なきがら》を見てきただけですが、固いものでの打撃ではないように思えました。首筋にはまるで捩《ね》じ曲げられたような力がかかっています。これまでの二件の殺しもどうやらその様子なのです」

一郎太の話は判然としなかった。

御用船は大川に出た。

「はっきりしていることは、猪牙が今戸《いまど》橋の船宿花川《はなかわ》のものだということです。どうやら吉原で夜を過ごした客を山谷《さんや》堀で乗せ、柳橋まで送る道中になにかが起こったと思えます。花川には今、奉行所の者が走っています」

「まさか船頭と諍《いさか》いがあってのことではないでしょうね」

「坂崎さん、被害に遭《お》うた人物ですが、懐に入れていた門鑑《もんかん》と名札で、伊勢津藩藤堂家の家臣、佐久間《さくま》精四郎《せいしろう》どのと判明しております」

「お待ちください。藤堂家の佐久間様といえば、新陰《しんかげ》流の達人として武名高き人物ではありませんか」

「いかにもさようです」

一郎太が重々しく頷いた。

藤堂家二十七万石は、大坂冬の陣、夏の陣に活躍した藤堂高虎《たかとら》以来、武門の誉《ほま》れ高い家柄である。外様《とざま》ながら徳川家に忠誠を尽くす大藩でもあった。

新陰流は御家流、佐久間は指南役としてその腕前は江都《こうと》に知れ渡っていた。

「船頭風情《ふぜい》がなにかを企《たくら》んだとしても、とても倒せる相手ではありません」

「船頭も殺されて水中に投げ込まれたと思われますか」

「まずそんなところでしょう」

と一郎太が請け合い、

「北町扱いの二件ですが、一人目の被害者は幕臣の井上左膳《いのうえさぜん》と申され、剣と槍《やり》をよくする人物です。二人目は剣術家として名高き新当流《しんとう》の綿谷丑之助《わたやうしのすけ》どのでした」

磐音は井上左膳には聞き覚えはないが、新当流の綿谷は名を承知していた。

「何《いず》れも刺し傷なしのようで、強い打撃を受けて内臓を破裂させたか、窒息死のようでございます」

「江戸でも名高き剣術家を狙い撃ちしているということですか」

「笹塚様はそのことを気にしておられます」

御用船は大川を渡り切り、日本橋に通じる流れへと入っていった。豊海橋、湊《みなと》橋と潜って、南茅場町の大番屋のある河岸に横付けされた。

船着場には今戸橋船宿花川と艫《とも》に書かれた猪牙舟が二艘止まっていた。

一艘は佐久間を乗せていた猪牙舟、もう一艘は南町の呼び出しに駆け付けた花川の関わりの者が乗ってきたものだろう。

磐音と一郎太は大番屋に入っていった。

佐久間の亡骸は身分がはっきりしていることもあり、土間ではなく大番屋の板の間に敷かれた筵《むしろ》の上に横たえられていた。

町奉行所関わりの医師が検視を終えたところで、小者が運んできた桶の水で手を洗っていた。

「笹塚様、先の二件と同じ者の仕業と思えます。さりながら、このような打撃をどのようなもので与えられるか。医師として言えることは、圧倒的な力がかかり首筋の骨は捩じられ、砕かれているのに対し、胸と肘は一瞬の打撃でへし折られていることです。二つの傷はいささか異なります」

初老の医師は首を捻って立ち上がった。

頷いた笹塚の目が土間に立つ磐音に留まった。

「おおっ、来たか」

と笹塚が手招きして磐音を呼び、

「そなたも見ておけ。今にも藤堂家から引き取りに参るでな」

と命じた。

磐音は心の片隅で、

(それがし、南町奉行所の役人ではございませぬ)

と反論しながらも、腕に覚えのある剣術家を斃した下手人の爪痕《つめあと》に関心をもって亡骸に這《は》い寄り、まず合掌した。

目を見開いた磐音は、佐久間の顔に残る恐怖と苦悶《くもん》の表情にまず注目した。それは得体の知れぬ何者かに襲われ、どう対処してよいか迷いと恐怖に駆られた様子を明確に残していた。

首筋はまるで巨《おお》きな万力で締め付けられたように捩じ曲がっていた。だが、その万力が触った部分に皮膚を破ったような箇所はなかった。

(固きものより柔らかきもので締め付けた)

と推測された。

胸部と右肘は一撃で砕かれていた。だが、こちらも凶器が当たった部分に傷一つなかった。

「どうだ、坂崎」

「はて」

と磐音は首を捻るばかりだ。

「佐久間様は刀を抜かれておりましたか」

「猪牙の床に倒れ伏し、鯉口を切ったのだが、抵抗する間がなかったようであったな」

「襲われた現場は船中ですか」

「今戸橋で舟を柳橋までと雇われ、花川の者に見送られて山谷堀から隅田川へと出ておる。まだ七つ（午前四時）過ぎの刻限で暗かった。佐久間様としては屋敷が起き切らぬうちに帰邸をと、早々に吉原を出られたのであろう」

「ということは、猪牙が見付かった首尾の松の間までになにかが起こった」

「船中、岸辺で訝《いぶか》しきものを見付け、船頭に岸に寄るよう命じた。すると近付く舟の船頭をいきなり川面へ転落させ、驚く佐久間様に襲いかかった」

と笹塚は考えていた。

「こやつ、武芸者を狙うておるのだ。そなたや佐々木道場の者が巻き込まれぬとは言い切れまい。手伝え」

と南町奉行所の切れ者与力笹塚孫一が大頭を振り立てて言った。

「致し方ありませぬ。どうすればよろしいので」

「今にも藤堂家の連中が佐久間どのの亡骸を引き取りに来るわ。大藩の用人となると、町奉行所の役人など人間のうちに入れておらぬ。不愉快になるゆえ、一郎太に同道し、佐久間が襲われた現場をまず見付けて参れ。それから念のためだ、佐久間が吉原で恨みを買った筋はないか、そのへんも調べ上げるのじゃ。まあ、このようなことは一郎太が心得ておる、そなたは一郎太の探索が足りぬところを補え。つまりは大きく目を見開き、神経を尖《とが》らせるのが役目だ」

と笹塚が言ったとき、どやどやと大番屋に人が入ってきた。

「こちらか、当家の藩士らしき人物が運ばれておるというのは」

という横柄な声が響き渡り、

「これはこれは、藤堂家の御用人田辺《たなべ》様にございますな。佐久間どのなればほれこちらに丁重に寝かされておりましてな、先ほども家臣の方が確かめて参られました」

と笹塚孫一が揉み手をせんばかりに御用人を迎えた。

「そのほうはなんだ」

「それがし、南町奉行所年番方与力笹塚孫一と申す者にござる」

「笹塚氏《うじ》か。引き取る」

御用人の田辺がそう命じるのを聞いて磐音は大番屋の外に出た。

一郎太はまだ大番屋に残っていた。

磐音は佐久間が乗っていた猪牙舟を見に行った。船底に一寸ほど水が溜まっていた。舟が大きく揺れて川の水が入り込んだのだろう。ということは、この舟中が殺害の現場か。

佐久間はこの船底に倒れて荷足舟の船頭に発見されたのだ。磐音は船縁《ふなべり》の水になにかを見た。拾い上げると銭だった。だが、見覚えのないものだ。

磐音は懐に入れた。

一郎太が花川の船頭と思える老人を連れて姿を見せ、

「坂崎さん、佐久間様の船頭弥八《やはち》は、この父っつぁんの婿だったそうです」

と説明した。

老船頭は磐音がだれか分からぬままに、

ぺこり

と頭を下げた。

「父っつぁんの猪牙で参りませんか」

と一郎太が磐音を誘い、二人は再び舟の人になった。

「どうです」

「初めて見る死因《きず》です」

「私も、聞いたことも見たこともありません」

猪牙舟は事態をどう受け止めていいか分からぬ顔付きの老船頭の櫓捌《ろさば》きで日本橋川から大川へと出た。

一郎太と磐音は水面に異変はないか、岸辺に亡骸が流れついてはいないか確かめながら、上流へと上っていった。

「父っつぁん、なんとか弥八が無事でいてくれるといいがな」

岸辺や流れを注視しながら、一郎太がまた話しかけた。

「お役人。お客様の骸《むくろ》を見るまでは、弥八は船頭だ、水に逃れれば命だけは助かるはずだと考えて参りましたよ。だが、いけねえや、あのお武家様の様子は尋常じゃねえ。また、弥八が客を放り出して舟を離れるはずもねえ。娘には悪いが、もはやこの世の者ではありますまい」

と呟くように言った。

三

猪牙舟は大川の右岸沿いに両国橋を潜り、御米蔵、首尾の松をゆっくりと漕ぎ上がっていった。

猪牙舟が駒形堂を過ぎ、吾妻橋を潜り、山谷堀に近付き、岸辺は浅草寺領山之《やまの》宿町《しゅくまち》と名を変えた。

その山之宿町と隅田川の本流の間に葦《あし》が生えた中洲《なかす》が連なっていたが、中洲と中洲の間に数艘の舟が集まっていた。

「父っつぁん」

と一郎太が呼びかける要もなく、老船頭が櫓を早めて近付いていった。すると舟の群れから、

「父っつぁんよ、弥八の骸が見付かったよ！」

という仲間の哀切な声が響き渡った。

木下一郎太は、現場に到着するとまず若い船頭に命じて、南茅場町の大番屋にいる笹塚孫一に弥八の死体発見を告げに行かせた。

その後、仲間の船に収容された弥八の亡骸を磬音とともに検分した。

船頭仲間たちが山之宿町の中洲で発見した弥八の死体は、佐久間精四郎同様に想像を絶する力が加わった痕跡を残していた。

首筋に一撃を受けて、弥八の首はくの字に捩じ曲がっていた。首の横手から後ろに紫色に変じた痣《あざ》が残っていた。

なんとも凄まじい力だった。

「うーうっ」

一郎太が思わず唸《うな》った。

磐音は弥八の首筋の痣を仔細に調べた。すると痣の端、首の後ろに、

ぐいっ

と食い込んだ痕《あと》が見られた。

磐音の脳裏に一つの像が浮かんだ。だが、それは曖昧模糊《あいまいもこ》として口にすべき事柄ではなかった。定かでない情報は探索を混乱させるばかりだ、と磐音は自分の胸に仕舞っておくことにした。

一郎太が中洲と山之宿町の間に横たわる分流の川幅を改めて眺めた。

中洲は隅田川本流の右岸に沿って小さな島のように連なっていた。弥八が発見された中洲の葦の原から山之宿町の岸まで十数間の水面があった。

「たれぞわれらを向こう岸に連れていってくれぬか」

一郎太が命じた。

二人を運んできた老船頭は婿の弥八の収容された船に移り、濡《ぬ》れた体を無言のうちにさすっていた。その体からは娘や孫に哀しみをどう知らせるべきか、思案

する様子が窺えた。

一郎太と磐音は、仲間の船頭が漕ぐ父っつぁんの猪牙舟で山之宿町に渡った。

磐音は一郎太の行動の意味を察していた。

佐久間を乗せた弥八は山谷堀を出ると、金龍山下瓦町《きんりゅうざんしたかわらまち》から山之宿町、何れも浅草寺領の河原に沿って、隅田川下流へと向かったのだ。

そこでなにかを中洲か河原に発見し、舟を着けたと一郎太は推測していたのだ。さらに中洲に訝しき人物を発見したというよりも河原にいたほうが確率は高いと想定し、中洲から河原に渡ることを決めたのだ。

十数間の流れを横切り、一郎太と磐音は岸辺に下り立った。

増水に備え、流れから三尺ほど高く石垣が積んであった。その上に河原が二、三間の幅で設けられ、さらに土手が築かれていた。

二人は河原を上流に向かい、ゆっくりと進んだ。

弥八の死体が発見された中洲から山谷堀と隅田川の合流部までは三、四丁あった。異変が起こったのはわずかこの数丁の間だ。

舟を降りたところから一丁半ほど上った辺りの河原の土が乱れているところがあった。数日前に降った雨が薄く溜まる河原の土にくっきりと、

「足跡」

が刻まれていた。それは明らかに意思を持って動いた、いや、飛んだ跡を残しているように思えた。

「草履でも草鞋《わらじ》の跡でもないですね」

一郎太が首を傾げた。

舟形をした足跡の先は尖り、底跡には滑り止めとみられる横筋が何本も刻まれていた。

「履《くつ》ですよ」

「木履ですか」

一郎太は聞き慣れぬ履から、神官が履く木履を思い浮かべたようだ。

「革の履のようですね」

「そのようなものをたれが履くというのですか」

一郎太には当惑の表情があった。

「唐人です」

「唐人ですって。唐人がこの江戸にいるというのですか」

一郎太の口調には、

（そんな馬鹿な）

という非難が込められていた。

「それがし、長崎に参った折り、唐人が先の尖った履を常用しているのを見ました。革で造られるものも布履もあるようです。そんな履跡に似ていると申し上げているのです」

「たれぞが唐人の履を履き、このような悪さをしたと言われるのですか」

磐音は下流の中洲を見た。

猪牙舟と人が小さく、箱庭の風景のように見えた。

「木下どの、唐人、琉球《りゆうきゆう》人には素手で戦う法を習得した達人がいるそうです。頭、手足、肘、膝《ひざ》が得物《えもの》になるように厳しい修行を続けるそうです。すると手足が刀や木刀以上の打撃を与える武器と変じるそうな」

「江戸にそのような人物がいると言われるのですか」

一郎太はまだ半信半疑の様子で同じ問いを繰り返した。

磐音は弥八の舟で拾った銭を懐から出して見せ、拾った場所を告げた。

「猪牙にこのような銭がございましたか」

と言って一郎太は磐音から受け取り、銭を見ていたが、

「唐銭ではありませんか」

と磐音の顔を見た。穴空き銭には、

「天命通寶《てんめいつうほう》」

の四文字があったからだ。

磐音は頷いた。

「三件の殺しの背後に唐人が介在していると坂崎さんは言われるので」

「今は言い切れません」

と答えた磐音は、

「佐久間様を乗せた弥八の舟はこの河原を通りかかり、岸辺に立つ異人を見た。あるいは異人がこの銭を投げて佐久間様らを挑発し、舟を岸辺に寄せさせたのやもしれない。だが、猪牙の舳先《へさき》が着く前に異人はこの地から舟に向かい、跳躍した。長衣が翻《ひるがえ》り、履を履いた足が弥八の首に巻きつくように強襲した」

一郎太は呆然《ぼうぜん》として磐音の推理を聞いていた。

「いえ、あくまで推量です」

「続けてください」

「素手での格闘技を身につけた達人は軽々と五、六尺以上の高さに跳躍し、足先を伸ばせば、さらに高みのものを打撃できるそうです。弥八は一瞬にして首の骨を折られたかもしれない」

「唐人は猪牙に降り立ち、その折り、舟が揺れて水が入ったのですね」

「と、思えます。安定せぬ舟中で謎《なぞ》の異人と佐久間様は対峙した。だが、舟は揺れ続け、腰を定めて刀が抜けない状態を異人は作り続けたのかもしれない。その直後、再び異人が行動を起こし、柄《つか》に手をかけたばかりの佐久間様の胸か肘を強打し、さらに首筋に打撃を与えた」

「恐ろしき技ですね」

　磐音は頷いた。

「二人を一瞬にして殺したその者は、舟を中洲に移動させて弥八を投げ落とし、自ら櫓を使って首尾の松近くに下ってきた。どのような理由《わけ》があったか知りませぬが、その場に佐久間様の亡骸を残した猪牙を放置し、自らはまだ明けきらぬ闇を利してどこぞに姿を没した」

「驚きました」

「木下どの、あくまで推量です」

「だが、理屈は合います」

「若狭小浜藩《わかさおばま》江戸屋敷に、中川淳庵《じゅんあん》どのを訪ねてみたいのですが」

「この銭がどこのものか調べるのですね」

「いかにも」

「あの者たちに言い残して参ります」

と一郎太が下流へと駆けていった。

結局、二人は船宿花川の猪牙舟に乗り、大川を下って神田川へと入り、昌平橋際に猪牙舟を止めて、土手を上がった。

そのほうが、徒歩《かち》より早いと一郎太が判断したからだ。

刻限は昼の九つ（正午）を大きく過ぎていた。門番に訪《おとな》いを告げると、蘭学者《らんがくしゃ》にして酒井家の家臣、中川淳庵は屋敷にいて、すぐに門前に姿を見せた。

「二人して参られたところを見ると御用のようですね。上がりますか、それともいつものように庭に参りますか」

「中川さん、まずこの銭を見てもらえませんか」

と磐音が天命通寶銭を、異国の事情に詳しい淳庵に見せた。

「おや、清国《しん》の銭ですな」

「清国とは唐のことですね」

「坂崎さん、あなたも承知のように、われらはかの国の人を唐人と押しなべて呼びます。だが、唐の国ははるか昔に滅び去り、ただ今清王朝の時代です。この清の国情はなかなか安定せず、銭も改元ごとに大銭やかような小銭が鋳造されていると聞き及びます。天命通寶銭も清朝初めの一枚です」

と磐音の推量を裏付けた淳庵が、

「どうしました」

と事情を訊いた。

磐音は一郎太の許しを得て、今回の一件と自らの推測を語った。すると淳庵が関心を示し、

「佐久間とか申される剣術家の亡骸は、もはや大番屋にございませぬな」

「藤堂家が引き取られたのは確かです。ですが、弥八の骸が南茅場町に運び込まれてきた頃合いです」

「検視しましょう」

と高名な蘭学者があっさりと請け合った。

「しばし待ってください」

淳庵は屋敷に消えると、診察箱を持たせた見習い医師を従え、飄々《ひょうひょう》とまた姿を

見せた。

「舟を待たせてあります」

「それは助かります」

四人となった一行は昌平橋際の船着場に向かった。

淳庵は南茅場町の大番屋に運び込まれていた弥八の死体を仔細に検視した。それには町奉行所の出入りの医師も立ち会ったが、『解体新書《ターヘル・アナトミア》』を翻訳した蘭学者に遠慮して、淳庵に検視を任せた。

「恐ろしき力かな」

と呟いた淳庵が、

「坂崎さんの考えに私も賛同いたす」

と宣告した。

大番屋に出張《でば》っていた南町奉行所年番方与力笹塚孫一は、小さな体の上の大頭を振りたて、

「検視ご苦労にございました」

と老中を輩出した若狭小浜藩の家臣にして蘭学者に丁重な労《ねぎら》いの言葉をかけた。

「中川様、こちらへ」

と笹塚は淳庵と磐音、それに配下の一郎太らを大番屋の小座敷に呼んだ。

「中川様が言われた坂崎の考えとはなにかな」

笹塚がじろりと磐音を睨みながら言い出した。

「いえ、未だ不確かな考えにございます」

「述べてみよ」

磐音は弥八の猪牙舟で見付けた清国の銭の話から、弥八が見付かった中洲の模様と河原に残された足跡などから思い至った推測を告げた。そして、筆を借り受け、河原に残された履跡のかたちを描いて淳庵に指し示した。

「長崎に入る唐人船には、しばしば唐手《からて》の達人が乗船しておりましてな、湊で披露されることもあります。彼らは助走をつけると身を五、六尺の高さの虚空に浮かばせるばかりか、三、四間は飛翔します。その際、頭、両手両足を自在に使って、蹴《け》り、打ち、突き、撥ねと様々な技を連続して繰り出します。その力たるや、瓦を何十枚も重ねて打ち割るなどいとも簡単、恐ろしきものです。こたびの弥八の首筋の打撃、虚空から片足の甲を巻き付けるように蹴ったとすれば、あのように首がくの字にへし曲がってもおかしくない。彼らにとって造作もなき蹴り技でしょうね」

一座には粛として声もなかった。

「むろん唐人の達人から唐手を習った和人の仕業ということも考えられる。だが、和人の唐手家ならば坂崎さん、あなた方の耳に届いていよう」

淳庵の言葉に磐音らは頷いた。

「清国の銭のこともある。殺しの感じが和人とは違うようにも思える。この際、和人説はおいておこうか」

と笹塚が言い、

「中川さんはかようにも異国異人の情報をお持ちです。もしこの下手人が異人、唐人とすれば、たれが江戸に連れ込んだのでございましょうか。なんぞお考えはありますか」

と磐音が訊いた。

「坂崎さん、いくつか考えられます。まず西国大名が密かに連れ込んだ。これが一番ありそうな推量でしょうね。薩摩《さつま》、肥後《ひご》、日向《ひゅうが》、豊前《ぶぜん》、肥前《ひぜん》、豊後、どの藩をとっても、江戸で考えられる以上に南蛮《なんばん》や唐人との関わりは深い。江戸になんぞ関心を持った唐人一行を、なにかの代償を得て連れてくることは考えられます」

「その場合、陸路で江戸入りするのは難しゅうございましょうな」

笹塚が念を押す。

「いかにもさよう。まず海路、江戸湊沖合いに帆を休めた船から深夜屋敷に移すか、あるいは未だ船で暮らさせているか」

「他にもなにか考えられますか」

と一郎太が淳庵に訊いた。

「そなた方は幕臣ゆえちと差し障りもあるが、この江戸にも長崎口、松前《まつまえ》口、薩摩口のほかに様々な形で禁制の品々が入り込んで参ります。それがしの専門から申しても、南蛮薬や手術の道具、あるいは医学書なども諸々入り込んで参ります。そのようなご禁制の品を仲介する廻船問屋はいくつかございます。これら商人《あきんど》がなんらかの理由で異人を江戸に連れ込んだということは考えられましょうな」

笹塚が頷き、

「早速調べます」

と請け合った上で、

「ほかに調べることはござらぬか」

と一座に問うた。

「佐久間様と弥八の舟は偶々《たまたま》狙われたのでございましょうか」

磐音が言い出し、

「なにっ、その唐人と佐久間どのになんらかの関わりがあると申すか」

「いえ、笹塚様、他の二人も剣術槍術《そうじゅつ》の名人上手と聞いております。偶然にも三人が腕に覚えのある者であったとは考え難い」

「そなた、その異人がわざわざ剣の達人ばかりを狙うには理由があるというのだな」

「とは考えられませぬか」

「とすると、異人に情報を与えた協力者がこの江戸におらねばならぬ。なにより江戸において異人だけで暮らせるわけもないしな」

と笹塚が自問自答した。

「笹塚様、佐久間様と弥八の一件とは別の、二件の殺しの状況を北町に問い合わせられましたか」

「何度も使いを出しておるが、北町め、出し惜しみしおる。だが、事ここに至ればこちらの様子を北町に告げ、あちらの調べ書きをなんとしても入手いたす所存じゃ」

一座が頷いた。

磐音と一郎太は、中川淳庵と見習い医師を御用船で昌平橋際まで見送った。

「坂崎さん、無粋な話ではなく清談に来てください。国瑞《くにあきら》もおこんさんのことを気にしていました」

と船を離れるとき、淳庵が磐音に言った。

先頃おこんは、気の病にかかりかけ、淳庵と桂川甫周国瑞の二人から勧められ、上州法師の湯に湯治保養に行った。磐音が供に従ってのことだ。

その結果は書状で二人に知らせ、上州土産もそれぞれに届けていたが、おこんのことをタネに淳庵は、

「酒を酌み交わそう」

と言っていた。

「承知しました。ですが、この一件が解決してからのことですね。それに中川さんの手を借りることがまだありそうだ」

「そのときはそのとき。こちらは将軍家の御典医ではないので、いつなんどきでも、何処へでも行きますよ」

と笑って船着場から土手道へと上がっていった。

「これからどうします」

一郎太が訊いた。

「駄目で元々、吉原に行きませんか。佐久間様をどこからその異人が尾行していたか、目をつけたか気になります。ひょっとしたら手がかりが摑めるかもしれません」

「よし、佐久間様の入った引手茶屋《ひきてぢゃや》は分かってます」

と言って一郎太は、御用船の船頭の小者に山谷堀へ向かうように命じた。

四

佐久間精四郎がほぼひと月に一度利用した引手茶屋は、五十間道の中ほどにある外茶屋の葉邨《はむら》だった。

一郎太は葉邨の番頭佐兵衛《さへえ》を五十間道に呼び出し、佐久間について訊いた。

「おや、佐久間様がどうかなされましたか。うちでは長年のお得意様でございましてな、お役人といえどもあまりお喋りはしたくございませんが」

「佐久間どのがなんぞ言ってくるってか。そいつは金輪際《こんりんざい》ねえぜ。心配するねえ」

と伝法《でんぽう》な口調で一郎太が一蹴《いっしゅう》した。

「国許《くにもと》にお戻りになられましたか」

「いやさ、彼岸に旅立たれたのさ」

「まさか、佐久間様は剣術の達人、お体はいたって頑健でございますよ。お亡くなりになるなんてあるわけもございません。今朝方もお元気で来月また来ると申されて……」

と言いかけた番頭の言葉が止まり、顔色がふいに変わった。

「まさか首尾の松の猪牙に乗って漂っていた死骸は」

「聞いたか。あれが佐久間様よ」

「なんてことが」

と言葉を失った佐兵衛に一郎太がさらに訊いた。

「佐久間様の馴染みはだれだえ」

「揚屋《あげや》町の半籬《はんまがき》紅葉楼《もみじろう》の初雪《はつゆき》さんですよ」

「長いのか、付き合いは」

「かれこれ三年はお通いでしょう。その前は同じ楼の白根《しらね》さんでした」

「同じ楼で女郎を乗り換えたってか」

吉原では遊女と客、馴染みともなると箸紙《はしがみ》に名を入れたり、箸箱に定紋《じょうもん》をつけたりと、仮初《かりそめ》の夫婦を演じる習わしがあった。馴染みになった客は他の遊女との、

「浮気」

はご法度、朝帰りの浮気客を新造《しんぞう》、禿《かむろ》が大挙して捕まえ、大門口で、

「伏勢《ふせぜい》」

という折檻をすることも許された。

「白根さんが流行病《はやりやまい》で亡くなり、一年余り吉原には姿を見せられませんでしたが、妹女郎の初雪に文で誘われ、肌を合わせるようになったんですよ」

佐久間はそれなりの情誼《じょうぎ》を尽くしたことになる。

「ちょいと訊くが今朝方佐久間様が茶屋を出たとき、なんぞ怪しいことはなかったか」

「私がここでお見送りをしましたが、格別に。それにしても佐久間様を襲うなんて一体だれの仕業です」

「そいつを調べているのさ」

佐兵衛は半日前の光景を思い出すように見返り柳の辺りを見ていたが、

「そういえば、佐久間様に会釈して通った方がおられましたな。吉原で客同士が挨拶をするなんぞは珍しゅうございます。お知り合いですかと佐久間様にお尋ねしますと、あいつも亡くなった白根の客だった、と佐久間様が苦笑いで答えられました」

「ほう、どんな風采の男だ」

「まだ暗うございましたが、常夜灯の灯りに陽に焼けた顔で、体付きもしっかりしていました。歳の頃は四十前後でしょうかね。職人の親方でもなし、ともかく外働きの顔ですよ」

と答えた。

一郎太と磐音は大門を潜ると二手に分かれた。

一郎太は左手の、町奉行所隠密《おんみつ》廻り与力と同心が詰める面番所に挨拶に行き、磐音はそれと対面するようにある吉原会所の格子戸《こうしど》を開いて土間に入った。すると御免色里の吉原を実質的に支配する会所の頭取《かしら》、四郎兵衛《しろべえ》が広い土間に接した板の間に立っていた。

「おや、坂崎様、私もそなた様に会いたいと思うていた矢先ですよ」

「山形からなんぞ知らせて参りましたか」

吉原を落籍されて山形へ嫁いだ白鶴《はっかく》太夫こと奈緒の近況を訊いた。

「坂崎様のお蔭《かげ》で前田屋内蔵助様と無事に道中を重ねられた奈緒様は山形に安着なされたそうな。この冬、深々と降り積もる雪の多さに驚かれたようですが、内蔵助様のお父っつぁん、おっ母さんにも可愛がられ、紅花商人のお内儀としてなんとか道を歩み出したと丁子屋《ちょうじや》に知らせてこられましたよ。私も文を読みましたが、もはや町方のお内儀の手堅き文にて、文から貫禄《かんろく》さえ窺える落ち着きぶりが溢《あふ》れておりました。さすが吉原で太夫を務めた奈緒様の人柄と見識は、どこへ行っても通用しますな。この分ならばすんなりと前田屋のお内儀に納まりましょうと、宇右衛門《うえもん》さんと話し合ったところです」

「それを聞いてほっとしました」

四郎兵衛が大きく頷き、

「坂崎様、なんぞ御用ですかな」

と訊いた。

磐音は吉原帰りの猪牙舟が襲われた騒動の探索で南町の定廻り同心を同道してきたと告げた。

「なにっ、あの騒ぎに関わっておられましたか。うちでも気にはしていたんですよ」

磐音は四郎兵衛に事件《こと》の経緯《いきさつ》を告げた。協力を仰ぐことになると思ったからだ。

「ほう、唐人の武術の達人に蹴り殺されたようですとな」

「まだはっきりしたわけではありません。殺された状況と傷の具合、残された清国の銭から、それがしが勝手に推測したまでのことです」

「坂崎様、うちでも調べます。なんぞ分かったらお知らせしますよ」

と請け合った。

磐音は奈緒が内蔵助と幸せな暮らしを始めたと知り、心に広がる温かな思いを抱いて会所をあとにすると、一郎太が待合ノ辻に立っていた。

二人は仲之町を水道尻へと向かい、揚屋町へ曲がった。

半籬の紅葉楼は西河岸の出入口に接してあった。昼見世が終わった刻限、夜見世には一刻(二時間)余り時があった。どことなく気怠《けだる》い気が玄関先に流れていた。

「御免よ」

盛り塩のされた玄関の暖簾を潜ると、遣《や》り手が煙草盆《たばこぼん》の掃除をしていた。

「おや、旦那」

と遣り手が愛想笑いした。

巻羽織に着流し、帯の大小の脇に十手を差し込んでいるのだ。だれが見ても町方同心と知れた。

「藤堂家の佐久間精四郎様はここの馴染みだな。初雪を呼んでくれねえか」

「二階で文を書いてますが、佐久間様がどうなさいました」

「殺されなすった」

遣り手はぽかんとした顔をして一郎太を眺めていたが、

「冗談ではなさそうだ」

「南町の定廻りにそんな暇はねえよ」

「旦那、初雪さんの座敷に上がりませんか」

と一郎太を、そして磐音を誘った。

「坂崎さん、上がろう」

大刀を腰から抜いた二人は、大階段をとんとんと遣り手に案内されて上がった。

初雪は売れっ子と見え、部屋持ち女郎だった。

花魁《おいらん》は揚屋町の通りを見下ろす窓辺で文を認《したた》めていた。客を誘う文は遊女の大事な務めの一つだ。

「初雪さん、佐久間の旦那が亡くなったとさ」

二十を三、四歳過ぎた頃合いか、ぽっちゃりした初雪の顔はなんの変化も見せなかった。黙って町方同心を眺めている。

「花魁、聞いてのとおりだ。今朝方、ここの帰りの猪牙で何者かに襲われ、殺されなすった」

「そんな馬鹿なことがあってよいものか。旦那は剣の達人にありんす」

頷いた一郎太は、佐久間が殺されて見付かった模様を告げた。すると初雪が首を横に振り、

「そんなむごいことはありんせん」

と子供がいやいやをするようにして泣き崩れた。

「旦那、そんなむごいことをだれがやりのけたんで」

遣り手が訊いた。

一郎太が磐音の許しを得るように顔を見て、磐音が頷き返すと、唐人の武術家説を告げた。

「唐人だって、肥前長崎にしかいないものと思うたがねえ」

「佐久間様は吉原の帰りを狙われなすったが、偶々のことじゃあるめえと、こうして訊きに来たんだ」

「唐人の客なんて吉原の大門を潜れっこないよ」

「だからさ、西国から来た船の船頭とか、西国大名の係わり合いの者が手引きしたとも思えるのさ」

「西海道から来た船頭だって」

と遣り手の顔色が変わった。

「覚えがあるか」

「昨夜《ゆんべ》さ、初雪さんの隣座敷に、廻船問屋島原屋の主船頭はいたがね」

「島原屋だって」

「島原屋は肥後の細川様の荷を運んでいるのさ」

「花魁を呼んでくんな」

一郎太の命に遣り手が立ち上がり、廊下に出ると、

「萩乃《はぎの》さん、ちょいと初雪さんの座敷まで来ておくれな」

と呼んだ。

「なんですね」

と言いながら着流しの小袖に前結びの女郎が入ってきた。

萩乃は初雪よりいくつか年上の、細面の女郎だった。

「初雪さんの客の佐久間様が殺されなすったんだと……」

遣り手がひとしきり一郎太の告げた知らせを語り、萩乃が初雪の馴染み客の悲劇を声もなく聞いた。

「おまえさんの客の船頭は、最初白根の馴染みだったってな」

頃合いを見て、一郎太が口を挟んだ。

「はい、確かに亡くなられた白根さんの馴染みでしたよ。その折りは廻船問屋の島原屋の番頭玉蔵《たまぞう》さんの案内で見えられていたと覚えています」

「おお、そうだよ。白根さんが亡くなった後、私が口を利いて萩乃さんの馴染みに乗り替えてもらったんだったね」

と遣り手も答えた。

白根の客同士だった船頭と佐久間は、同じ楼の別々の女郎を新たに馴染みにしたことになる。

「船頭の名はなんという」

「千石船有明丸の大五郎《だいごろう》船頭ですよ。江戸に立ち寄られる度に南蛮の品を土産に持ってこられますよ。いえ、ご禁制の品なんかじゃありません、ほんの小さな品です」

と萩乃が役人の一郎太に言い訳した。

「昨夜、泊まりだったようだが、こたびは初めてか」

「いえ、三日前に一度登楼なされました」

「そのときのことだ。佐久間様のことがお前たちの口に上らなかったか」

萩乃の顔付きが微妙に変わった。

「どうした、隠すとためにならねえぜ」

「いえ、隠すつもりはございませんよ。確かに三日前の床入りの折り、初雪さんには剣術の達人が馴染みだったな、今も通って来るかと訊かれました」

「それでおまえはなんと答えた」

「三日後の二十日には参られますと答えました。佐久間様は月の二十日が、決まって初雪さん通いの日なんですよ」

「話はそれだけか」

「それだけです。まさかこのことと佐久間様の亡くなられたことは関わりございませんよね」

萩乃が言葉を失ったままの初雪を見た。

一郎太と磐音は再び五十間道の引手茶屋葉邨の番頭佐兵衛を訪ね、萩乃から詳しく聞き取った有明丸の船頭大五郎の風貌《ふうぼう》と年格好を告げた。

「佐久間様に会釈したようにして通り過ぎたのはその男ですよ。間違いございません」

佐兵衛が請け合った。

紅葉楼の遣り手が、

「肥後の細川様」

と言った細川家は本藩の細川家ではなく、

「肥後新田《しんでん》支藩」

のことだった。

新田支藩は寛文《かんぶん》六年（一六六六）七月に、本家細川綱利《つなとし》の弟若狭守利重《とししげ》が新田高三万五千石を譲り受け、蔵米を支給されるかたちで立藩していた。

国許はなく城もない定府《じょうふ》の大名で、鉄砲洲《てっぽうず》に屋敷があった。

南町の探索が新たに始まった。

この日の夕暮れ、羽織袴姿の磐音は南町奉行所御用船に同乗して佃島《つくだじま》の南の沖合いにいた。

揺れる船の胴中に、大頭の笹塚孫一が胸を反《そ》らすようにして座っている。

「新田藩の腹の黒い鼠《ねずみ》は次席家老の荒見庄八《あらみしようはち》じゃ。廻船問屋島原屋と組んで、細川家の藩旗を掲げた有明丸を長崎と江戸の間に往来させておる。むろん抜け荷商いよ。藩は荒見の荒業を承知しておるが、荒見に鼻薬を効かされて黙認の有様よ。藩の財政が決してよくないのを荒見につけ込まれた。荒見は吉原から落籍させた妾《めかけ》を本八丁堀稲荷橋近くに囲っておる」

と笹塚が説明した。

一郎太と磐音が吉原の紅葉楼で聞き込んだ話は直ちに笹塚のもとへと報告され、総力で新田藩、島原屋周辺が調べ上げられたのだ。

「見よ、越中島の沖合いに有明丸が帆を休めておるわ」

「動きますかな」

と磐音が訊いた。

有明丸の帆桁《ほげた》が帆柱の下に斜めに置かれて見えた。

「唐人の影すら摑めんのだ。なんともいえぬ」

磐音が推量した唐人の影は、屋敷にも有明丸にもいないように思えた。

この数日、木下一郎太らの監視の末の結論だった。

「だが、打つ手はそれしかない。それに藤堂家から、佐久間を殺害した下手人探索はどうなっておると、やいのやいのの催促だ」

紅葉楼の抱え女郎萩乃に、有明丸の船頭大五郎に宛てて誘い文を認めさせた。

その文には、佐久間様には実弟神五郎《じんごろう》様がおられ、この方が兄の不運を思い、仇《あだ》を必ず討つと決心しておられること、その腕前は佐久間精四郎様より格段上であること、神五郎様が今宵兄の思い出を語るために紅葉楼の初雪のもとに参られ、初雪や新造、禿ら遊女を集め、一夜歓談なされることなどが記されてあった。

「坂崎、頼むぞ。そなたならば初雪の虜《とりこ》になることもあるまいからな」

と笹塚がからからと笑い、

「船を山谷堀へと向けよ」

と船頭に命じた。

清掻《すががき》が遊客の心を掻き立てるように気怠く流れる中、深編笠で面体を隠すようにした磐音は、吉原の大門を潜った。仲之町を通り過ぎる様子を吉原会所の四郎兵衛、手下《てか》たちが格子窓の陰から黙って眺めていた。

およその経緯は磐音の注文もあり、吉原会所に告げられてあった。なにが起ってもよいような布陣を笹塚が敷いたのだ。

「御免」

と揚屋町の紅葉楼の玄関に立った磐音が暖簾を潜って笠を脱いだ。

磐音は遣り手に案内されて、初雪のもとへ上がった。

この夜、初雪は客を取らず、佐久間精四郎の実弟神五郎の応対で大門が閉められる四つ（午後十時）を迎えた。だが、吉原の四つは、

「引け四つ」

だ。九つ（夜十二時）近くまで伸ばして四つの拍子木が打たれた。これを引け四つと称し、すぐ続いて九つの刻が色里に告げられた。

この習慣で一刻（二時間）近く見世を長く開けていられる、御免色里の吉原が持つ特権といえた。幕府の黙認を得てのことで、むろんそれなりの金子が吉原から幕府のしかるべきところへ渡されていた。

佐久間神五郎は世間の四つの刻限をおよそ半刻（一時間）ほど回った時刻に紅

葉楼の座敷をあとにした。するとその気配に、いつもは泊まりのはずの萩乃の馴染み、千石船の船頭大五郎が、

「萩乃、今晩はどうしてもな、船に戻らにゃあならねえんだ。肥後に帰る日が近いんでな」

と隣座敷で立ち上がった。

そんな様子を萩乃が複雑な思いを抱いて見送った。

佐久間神五郎は深編笠を被り直して、客の往来が少なくなった仲之町を大門へと向かった。その後に大五郎が続くのを見た吉原会所の四郎兵衛は、配下の若い衆に、

「手筈どおりだ。大五郎から目を離してはならぬ。だが、なにが起ころうと手出しは無用」

と釘《くぎ》を刺して命じた。

「へえっ」

と応じた面々は会所から密かに出て大門を潜り、すぐに五十間道の裏手に回ると、闇に紛れて大五郎の尾行を開始した。

佐久間神五郎は土手八丁に出ると、必死で吉原の大門を引け四つ前に通ろうと

する客を横目に今戸橋へと向かい、船宿にも立ち寄らず、浅草御蔵前通りを南に向かい、足早に進み始めた。

だが、山之宿町に差しかかった辺りで路地道に曲がり、隅田川河原へと下った。そこは佐久間精四郎が何者かに斃された場所だった。

大五郎もまた御蔵前通りから姿を消していた。

佐久間神五郎は兄が死を迎えた現場に立つとしばし黙然と佇んでいたが、深編笠の紐を解《ほど》き、笠を脱いで足元に置くと、両手を合わせて合掌した。

冥福を祈る長い合掌だった。

その上流に大五郎が姿を見せ、手拭いを中洲に向かって振ってみせた。

佐久間神五郎と大五郎の二人しかいないと思える河原に向かい、中洲から一艘の猪牙舟が姿を見せて、迅速な勢いで接近してきた。

櫓を握っている者は黒衣をすっぽりと頭から被っていた。その裾が舟の速度にはためいて、夜目にもひらひらと靡《なび》いた。

佐久間神五郎が合掌を終え、なにかに気付いたように足元の深編笠を摑むと、河原の端まで移動した。

黒衣の者が漕ぐ猪牙舟は河原まで十間と接近していた。

櫓が捨てられ、黒衣が剝ぎ取られた。すると白い唐人服を身に纏《まと》った男が猪牙舟の艫から舳先に走り出し、舟の速度も利用して、虚空へと、佐久間神五郎が立つ河原へと跳躍した。

「きええっ！」

河原に異様な気合い声が流れ、白衣の裾を靡かせた唐人が河原より高く飛翔して、佐久間神五郎へと右足を伸ばしつつ襲いかかろうとした。

その瞬間、佐久間神五郎、いや、坂崎磐音の片手の深編笠が唐人の鋭い両眼の顔へと投げられ、視界を塞ぐと攻撃の間合いを狂わせた。

深編笠を足先で蹴った唐人が、先ほどまで磐音が立っていた場所に、
ふわり
と舞い降りた。

その眼前五間に磐音が移動して立っているのが見えた。

異人と磐音は視線を交えた。

二人の背後で、蹴られた笠が軌道を変えて流れへと舞い落ちていった。

ぽちゃり
と水音が響いた。

「そなた、和語が分かるか」

「スコシダケ」

「もはや四人目の暗殺は成らず」

「オマエハダレカ」

「そなたに殺された佐久間精四郎どのの弟ではないと言っておこうか」

「ヤクニンカ」

「そう考えられてもよい」

隅田川の上流と下流から、南町奉行所の御用船が提灯の灯りを点して戦いの場へと急接近してきた。

唐人の口から罵《ののし》り声が吐き出された。

有明丸の船頭大五郎が、

「罠《わな》に嵌《は》められたか。早々に帆を揚げて江戸を離れるぜ」

と呟きながらも戦いの様子を窺おうとした。

「そなたの名を伺おう」

「偉陽明」

「江戸に来るのではなかったな」

「コロス」

偉が半身に構えた。

磬音は腰を沈めた。

手は未だ包平《かねひら》の柄《つか》にかかってはいなかった。

「きええいっ！」

再び奇声が山之宿町の河原に響き、偉陽明が助走を始めた。見る見る間合いが縮まった。

御用船の上に立ち上がった笹塚孫一の目に唐人が地を蹴り、虚空高くに身を飛翔させるのが見えた。

上体は真っすぐに立ち、両の足が水平に構えられ、右足が折り曲げられたのが見えた。

その足先が伸ばされた。まるで革鞭《かわむち》のようなしなやかさだ。先の尖った履を履いた足先が蛇の鎌首《かまくび》のように磬音の首筋へと伸びていく。

磬音は虚空から襲いくる偉を引き付けるだけ引き付け、包平の柄に手をかけ、一気に抜き上げた。

鍛え上げられた足先は空恐ろしい武器であった。履を履いた足先が磬音を斜め上空から襲いきた。

偉の顔が歪《ゆが》み、口から再び気合いが洩れた。

刃渡り二尺七寸の包平も夜空に大きな弧を描き、伸びてくる偉の脛下から下腹部を一瞬早く斬り上げた。

「げえええっ！」

河原に絶叫が響き、磐音の左肩を掠めて偉の体が地面に叩き付けられた。偉の顔が不思議そうに磐音を見上げ、

がくり

と首を落とすと五体が痙攣《けいれん》を始め、すぐに動きを止めた。

河原は再び死の気配に彩られた。

「なんということが」

呟きを残した大五郎がその場を離れようとした。だが、背後を吉原会所の若い衆が取り囲んでいた。

「大五郎さん、人の道を忘れちゃいませんかえ」

四郎兵衛の声が輪の背後からして、大五郎の肩が、がくりと落ちた。

磐音は血振りをした包平を鞘に納めながら、河原に偉の履の片方が転がってい

るのを見た。そして、再び空恐ろしい技の持ち主に目を転じた。

人の気配を急速に失いつつある偉陽明のしなやかな体が小さく見えた。

磐音は江戸になぜやってきたのか、未だ理解のつかない唐人偉陽明に向かい、両手を合わせた。

第五章　面影橋の蕾桜

一

いつものように日々が流れていく。陽気が急に上がり、ちらほらと花便りが聞かれるようになった。

江都を数日にわたり騒がせることになった唐人偉陽明の辻斬《つじぎ》り騒動は、幕府、肥後新田藩、伊勢津藩藤堂家を騒乱に巻き込みつつ、新田藩の次席家老荒見庄八、廻船問屋の島原屋次右衛門《じえもん》、有明丸の船頭大五郎らが結託した抜け荷騒動として決着がつこうとしていた。

というのも、有明丸が肥前長崎の沖合いで唐人の抜け荷船から買い受けてきた南蛮物、唐物の多くが、幕閣の一部や要職の懐に流れていることが判明したからだ。

表沙汰《おもてざた》にすれば新田藩の改易は免れず、肥後本藩細川家五十四万石にも咎めが波及することが予測された。むろん幕府の要職の何人かは責任をとって辞職、あるいはお家改易すら考えられた。

有明丸の船頭大五郎の証言で、偉陽明は、唐人抜け荷の親玉偉玄祥の弟と判明した。陽明は今後の抜け荷商売の条件として、

「江戸に密かに連れて行くこと
高名な剣術家との唐手《からて》勝負」

を望んだという。

有明丸で江戸に連れてきたはいいが、白日の下を歩かせるわけにもいかず、有明丸と荒見庄八の妾のお永《なが》の家に交互に隠れ潜んでいたという。

また公に剣術家との勝負もならず、鬱々として荒れそうになる偉陽明を宥《なだ》めるために、大五郎や島原屋の番頭が手引きして、佐久間精四郎ら三人の辻斬りが行われたことが判明した。

この日、磐音は佐々木仮道場、丹波亀山藩松平家での稽古を終えて、普請中の道場をいつものように訪ねた。増改築の普請は徐々に柱組みや棟周りを終え、形

になりつつあった。

「想像したより大きいな」

辰平が屋根を見上げて唸った。

「これが完成したときのことを思うとわくわくするわ」

と師範の本多鐘四郎が応じた。

そのとき、磐音は佐々木家の居宅へ呼ばれた。すぐに出向くと、稽古の指導を終えたばかりの佐々木玲圓と、剣友にして将軍家治様御側御用取次《おそばごようとりつぎ》速水左近が茶を喫していた。

「おおっ、来たか」

速水が磐音を見て呼びかけ、

「そなた、偉陽明なる唐手の達人と勝負したそうじゃな」

と訊いた。

幕府を騒がせた大事だ、速水がその概要を知らぬ筈《はず》もない。

磐音は、南町奉行所の頼みで、藤堂家の佐久間神五郎として兄の仇《あだ》を討つ羽目になった経緯《いきさつ》を語った。

頷いた速水が、

「藤堂様はいたくそなたに感謝いたしておるそうな。兄の仇を弟が見事討ったのだからな」

「はあ」

と答えた磐音はなんとも落ち着かない気分に襲われた。

「こたびの一件で肥後の細川家、新田支藩は、必死で幕府に働きかけられた。そのせいもあってうやむやの解決に相成った。なにより幕府にとって江戸に唐人などがいてはならないことじゃ。戦いの当事者のそなたには不満も残ろうが、我慢してもらいたい」

「不満などございませぬ」

と答え、頷く他はない。

「新田藩の次席家老荒見庄八は切腹の上、お家改易、廻船問屋の島原屋は取り潰しの上、家財没収じゃ。主《あるじ》、番頭など主だった奉公人には、有明丸の船頭と同様厳しい沙汰が待ち受けておる。哀れを極めたのは荒見の妾でな、家財をすべて没収され、再び吉原に戻ることになるそうじゃ」

「なんと」

「偉陽明を匿《かくま》った罪は大きいでな」

　磐音は暗い心境に襲われた。

　偉陽明の望みは、偏《ひとえ》に江戸を見たいこと、剣術家との勝負であった。それがなぜままならなかったか。幕府の鎖国政策に触れるからだ。むろん抜け荷の罪は大きいが、西国の雄藩が自ら船を所有して、唐人や南蛮人との、

「交易」

　に勤しんでいるのは周知の事実だった。

「坂崎どの、心中喜びを隠しきれぬのはそなたの知り合い、南町奉行所の年番方与力よ」

「笹塚様がなにか」

「知っておろうが、島原屋の探索は南町が行い、家財や巨額な抜け荷を押収した。だが、細川家など大名家が絡む話ゆえ、その後の調べと裁きは大目付主導で行われ、町奉行所はまあ外されたかたちと相成った。だが、口止め料と申すか、汗かき料として、かなりのものが南町に渡っておろう」

　磐音はただ聞いていた。

「そなたの心中は複雑であろうが、許せ」

　と将軍家の御側衆が再び詫びた。

業を見ていた。

磐音が二人のもとを辞去して普請場に戻ると、本多鐘四郎だけが大工たちの作業を見ていた。

住み込みの門弟たちは昼餉の刻限だ。

「坂崎、ちと付き合え。ほれ、いつぞやの神田明神下の料理茶屋に行かぬか。本日はそれがしが払いは持つゆえ、そなたには迷惑はかけぬ」

「なんぞよき話のようですね。馳走になります」

と磐音が返事し、二人は早々に佐々木道場を出た。

陽気に誘われるように桜も蕾《つぼみ》が大きく膨らんでいた。

湯島天神から神田明神界隈にはお参りを兼ねて散策に出てきた人々が押しかけ、料理茶屋一遊庵は席もないくらいの盛況だった。

おかちが目敏く磐音と鐘四郎を見付け、

「本多様、先日は真《まこと》に有難うございました。今、席を用意しますからしばらくお待ちください」

と客が去ったばかりの席の一つをてきぱきと片付けて二人を座らせ、

「お酒をお持ちしますか」

と磐音に訊いた。

「上酒をどんどん運んでくれ」

と返答したのは鐘四郎だ。

「おかちどの、昼間から酔うほどに酒を飲むのはよくない。徳利二本にしてもらいたい」

「はいはい」

と言っておかちが奥へと消えた。

「師範、よほど嬉しき知らせがあるようですね」

「先生が依田家を訪問なされて、話を詰めてこられたのだ」

本多鐘四郎には西の丸御納戸組頭依田新左衛門の息女お市との縁談が、鐘四郎が依田家に婿入りする話が進行していた。

「新左衛門様は、改めて先生にそれがしの養子話を申し込まれたそうな。お市様もその場に同席なされて、よろしくと佐々木先生に言葉を添えられたそうでな」

「もはやこれで話は磐石《ばんじゃく》ですね」

「日を改めて先生はそれがしを依田家に同道してくださることが決まった」

「このところそれがしの周りには、桂川さんと織田家の桜子様、それに師範とお市どのと、祝言の話が目白押しです、目出度いかぎりです」

「なにを言うか。そなたとおこんさんが先陣を切っておろうが」

「所帯を持つと二人して心に決めていますが、おこんさんの今津屋奉公のこともあって、こちらはすぐに祝言とはいかぬのです。となればお二組のほうが先ですよ」

「こちらの話は始まったばかりだぞ」

「いえ、師範のお話はすべてが整っております。とんとん拍子に進むと思います」

　そこへおかちが酒を運んできた。

「本多様、お顔が最前から綻《ほころ》んでおられますが、なにか嬉しいことがございましたか」

　と鐘四郎に訊いた。

　お市と鐘四郎の出会いの場がこの料理茶屋だ。

「いや、その、大した話ではない」

　と照れた鐘四郎の言葉が急に曖昧なものになった。

「おかちどの、過日、師範が酒に酔うた若侍らを懲らしめられたことがあったが、覚えておいでか」

「覚えているもなにも、本多様が絡まれたお客様を颯爽《さつそう》とお助けになり、あれからうちでは、さすがは佐々木道場の師範、腕が違うと噂しておりましたよ」

「あの騒ぎがきっかけとなり、師範が助けられた旗本家のご息女と師範の縁談話が進んでおるのだ」

「まあ、なんということでしょう。本多様のお顔が緩むはずです、おめでとうございます」

「いやなに、その、大した話ではござらぬ」

「言葉とは裏腹にお顔が大したことだと言うておりますよ。それとも本多様にはご迷惑なことですか」

「いや、そうは言っておらぬぞ」

「で、ございましょう。殿方はつい心にないことをおっしゃいますが、坂崎様のように正直が一番です」

「坂崎は正直か」

「はい、そうですとも。いつぞやお連れなされたお方は、今小町と評判の今津屋のおこんさんというではございませんか。お二人の様子を見ておりますと、互いがお好きだというのが見てとれました。幸せそのもののご様子でしたよ」

「坂崎と比べられるとそれがしは朴念仁《ぼくねんじん》でな、つい心無きことを口にしてしまうのだ」

「そうそう、そのように素直が一番です」

と言ったおかちが二人に酌をして、

「今、前祝いの膳を運んできますよ」

と下がっていった。

「本多様、この度は祝着至極にございます」

と磐音が盃を上げた。すると鐘四郎が、

「まだその言葉は早いと思うがな」

と言いながらも相好《そうごう》を崩し、磐音の盃に自らも盃で応じた。

この日の昼餉の膳は、切り身だが桜鯛の焼き物、菜の花のおひたし、浅蜊《あさり》の吸い物、新香と、一遊庵の板前が本多鐘四郎の慶事に応えて、即席に調理してくれたものだった。

すべてが美味しく、なにより鐘四郎の笑顔が料理に花を添えた。

その上、鐘四郎が代金を支払おうとするとおかちが、

「ささやかですが、過日のお礼代わりの祝い膳にございます。本日はお代をいた

だいてはならぬと、主からの言葉にございます」

と頑として鐘四郎の支払いを拒んだ。

「それは困ったぞ」

と磐音に救いを求める鐘四郎に、

「師範、この次はお市どのをお連れして本日の返礼をなされませ」

と助言した。

「そうですよ。その折りは板前に申し付けて格別なご馳走を用意させていただきます。なんといっても本多様とお市様、お二人の出会いはこの店なんですからね」

「そうか、ならば次の機会にお返しさせてくれ。だが、お市どのがそれがしの誘いを受けてくださるかな」

と自信なさげな様子におかちが、

「本多様、殿方はお優しいばかりでは駄目ですよ。お市様もあの折り、本多様が見せられた颯爽とした男ぶりに惚れられたんですからね。本多様が来いと言われれば付いてこられますとも」

「そうか、そうかな」

おかちに鼓舞された鐘四郎と磐音は料理茶屋を後にした。

鐘四郎と別れた磐音は、神田川右岸沿いに浅草御門まで下った。頬を撫でる風に木蓮《もくれん》の香りが漂っていた。

今津屋の店頭に到着したとき、刻限は八つ半（午後三時）を過ぎていた。

「坂崎様、陽気に誘われて、どこぞをそぞろ歩いておられましたかな」

老分番頭の由蔵が磐音の姿を目に留めて帳場格子から声をかけてきた。店の中は夕暮れの混雑を前に一段落の感があった。

「師範の本多様に話があると誘われて昼餉を食して参りました」

「おこんさんが坂崎様の見えるのを待っていましたが、おいでが遅いのでおそめを連れて出かけましたよ」

「本日、約束があったかな」

磐音が首を捻り、由蔵が、

「いえ、そうとは聞いておりません。おそめがうちの奉公を辞める日が近付きましたので、お内儀様と相談して、江三郎親方のもとで住み込みする折りの何年か分の普段着などを購《あがな》いに行ったのですよ」

「そうであったか。悪いことをしたな」

「まあ、ご用事ならば致し方ございません」

と応じた由蔵が、

「坂崎様、話もございます。台所に参りましょうか」

と磐音を店の裏に誘った。

今津屋の広々とした台所では昼餉と夕餉のちょうど中ほどで、女衆がしばしの休息をとっていた。

「老分さんに後見、今、お茶を淹《い》れます」

と言うのを由蔵が、

「茶くらい自分で淹れられます。そのまま休んでおいでなされ」

と台所を支える大黒柱のかたわらの定席に座した。そこでは年中火鉢に炭が埋《い》けられ、鉄瓶《てつびん》がちんちんと鳴っていた。

「お話とはなんでございますか」

「今朝方、南町の笹塚様がお立ち寄りになり、坂崎様にいかい世話になったと言っておられました。藤堂家から内々に南町奉行牧野《まきの》様にお礼の使者が遣わされたとかで、笹塚様も面目《めんぼく》が立ったと満足げなご様子でした」

「速水様からも笹塚様の近況は聞き及びました。廻船問屋の島原屋お取り潰しに絡み、いくばくかの金子が笹塚様の、いえ、南町の探索費用の足しにと出たとか」

「道理でにこにこなさっておられたわけです。坂崎様は唐人の武術家と戦われたそうな」

笹塚がお喋りしていったのか、由蔵はそのことを承知していた。事が事だけに、偉陽明との戦いは今津屋では話してなかった。

「肝を冷やして汗をかくのは坂崎様、利を得られるのは笹塚様。世の中、都合よくできてはおりませぬな。まあ、世のためになることですから、坂崎様のただ働きを一概に否定はしませんが、おこんさんは胸を痛めておりますよ。あまり心配をおかけになりませんように」

と由蔵がやんわり忠告した。

磐音はここでも黙って頷くしかない。

話をしながら由蔵が茶を淹れた。

「頂戴いたします」

磐音が茶碗を手に取ると、

「ところで、本多様のお話とはなんでございましたかな」

と話を元に戻した。

磐音は本多鐘四郎の婿入りの一件を発端からざっと話した。

由蔵は、一瞬の判断が何百両、何千両の損得に通じる両替屋行司今津屋の総支配人である。大所帯を取り仕切り、神経をすり減らしていた。そこで磐音からまったく畑違いの話を聞いて、気分を変えたいのである。なにより鐘四郎の話は目出度いし、隠し立てすることもない。

磐音は差し障りのないかぎり話をした。

「ほう、本多様に春が巡ってきましたか。お人柄も誠実、佐々木道場の師範を長年務められてきた腕前、なにをとっても不足なし。ちと歳は食っておられますが、申し分ないお話ではありませんか」

「お市どのも出来た女性《にょしょう》にございます。本多様とならばお似合いの夫婦《めおと》になられましょう」

と磐音が太鼓判を押したとき、

「あら、来ていたのね」

とおこんとおそめが外から戻ってきた。

「待っていたそうだな、相すまぬ。本多様に誘われて一遊庵で昼餉を食しておった」

「なにか目出度いお話でもあったの」

「今も老分どのにお話ししたところだが、佐々木先生が依田家を訪ねられ、本多様の依田家婿入りが内定したそうな。あとは幕府などに根回しが要ろうが、本多様のことだ、なんの障りもなかろう」

「よかったわねえ。老分さん、うちでもなにかお祝いを考えなければいけませんね」

「最前からそのことを考えておりました。旦那様とお内儀様に相談し、西の丸にご奉公なさるに相応《ふさわ》しい継裃《つぎかみしも》や紋付羽織袴なんぞ考えませんとな」

「老分どの、おこんさん、まだ先の話にござる」

「いえ、このようなことはとんとん拍子に進むものです。佐々木道場も師範の後《あと》釜《がま》を考えておかねばなりませんぞ」

と佐々木道場のことまで案じる由蔵に苦笑いしながらも、

「おそめちゃんのほうの用事は済んだかな」

と台所の端で話がひと区切りつくのを待っていたおそめに話しかけた。

そのおそめが磐音に会釈すると、由蔵の前にぴたりと座った。

「旦那様とお内儀様のお計らいで、奉公先の普段着から細々したものまで揃えていただきました。本来ならばうちで用意するものにございます。老分さんには厚くお礼申します」

と三つ指を突いて頭を下げた。

「おそめが今津屋からいなくなるのは寂しいが、致し方ございませぬ。よい職人になるんですぞ」

「必ず一人前の縫箔《ぬいはく》職人になります」

「あと残り少ないが、気を抜かず頑張りなされ」

「はい」

と返事したおそめは再び由蔵に頭を下げた。

二

この日の昼下がり、磐音は本多鐘四郎に誘われて、本多家の先祖の墓参りに行った。寺は高田村と雑司《ぞうし》ヶ谷《や》村の境界近くにある法華宗成就山本住寺だ。さほど

大きくもない寺の山門を潜《くぐ》るとき、鐘四郎が、

「裏長屋で本多家再興の日々を待ちながら亡くなられた父上の代までの墓がある。だが、後添いに入られた母上の墓はない」

と磬音に教えた。

鐘四郎は持参した仏花を磬音に渡すと庫裏《くり》に走っていった。

本多家の墓の台座は自然石で苔《こけ》むしていた。

鐘四郎を手伝い、磬音は苔を落とさぬように清めた。

「この次、参られるときは、お市どのとご一緒ですね」

「そのような日が来るのであろうか」

掃除の手を休めた鐘四郎が呟く。

「未だそのようなお気持ちになれませんか」

「坂崎、考えてもみよ。歳も食っておる、風采も上がらぬ。財産とてなき一介の住み込み師範のおれが、お市どののような方と所帯を持つなど、夢を見ているようだ」

「師範は謙遜《けんそん》なさいますが、直心影流佐々木玲圓道場の大勢の門弟を束ね、指導されてきた実績は、本多鐘四郎様のなによりの財産にございます。その上、師範

は情が厚く、礼儀も心得ておられますし、なにより見識をお持ちです。依田新左衛門様とお市どのは師範のよきところをちゃんと見抜いて、婿入りを願われたのです。堂々と祝言に臨んでください」

「そうだな。おれに財産を求められたわけではないからな」

墓を清め終えた二人は、佐々木玲圓の内儀のおえいが用意した水仙と菜の花を飾り、線香を手向《たむ》けて合掌した。

「坂崎、そなたのお蔭で清々《すがすが》しい気持ちになった。もうひととところ、付き合うてくれぬか」

山門の石段の上で鐘四郎が言う。

「何処《いずこ》へなりと」

「なあに近くだ。この道を上がっていくと鬼子母神《きしもじん》に辿りつく。ついでと言うては鬼子母神に申し訳ないが、お参りしていきたい」

「なんぞ思い出があるのですか」

と磐音と鐘四郎が話しながら本住寺から西北へと道を辿ると、反対から下ってきた辻駕籠《つじかご》とすれ違った。

二人は左側に駕籠を避《よ》け、行き違った。

そのとき、駕籠の向こう側に付き従っていた若い衆が、
ちらり
と磐音たちに視線を送った。

だが、殺気の籠《こも》った視線ではなかった。そのせいで話に夢中の二人は、気にすることもなく駕籠の一行とすれ違った。

駕籠が止まったのは、二人とすれ違って半丁ほど離れた辻だ。駕籠の主と話していた供が磐音たちの跡を尾行し始めた。

そのような動きを知る由もない二人は話を続けた。

「おれがいくつのときかな、七つか八つであったろう。母上に鬼子母神の御会式《おえしき》に連れていってもろうたことがある。内職の仕立物を届けた帰りかもしれぬ。夕暮れの門前から参道にかけて御会式の万灯行列の光が渦巻き、団扇《うちわ》太鼓が乱打されていた。おれはびっくりして母上の手をしっかりと握り締めて、光と音の饗宴《きょうえん》に身を置き、本堂へとお参りしたのだ」

「師範、美しき思い出でございますな」

「裏長屋暮らしはつらいものだったが、あの夜のことはしっかりと記憶の底に刻みつけられている」

磬音は初めて訪れた鬼子母神の風情《ふぜい》のある参道と本堂の佇まいに心惹《ひ》かれた。

鐘四郎は母の面影を追憶するように無言の裡《うち》に境内を歩き回り、子授けの大《おお》銀杏《いちょう》の幹を撫で、本堂の前で長いこと佇んでいた。

磬音は気長に鐘四郎の行動を見守っていた。

「坂崎、付き合わせたな。本堂裏に行かぬか。鄙《ひな》びた料理茶屋が何軒か軒を連ねているのだ」

過去の感傷に決別し、明るい表情に変わった鐘四郎が誘った。

磬音は裏参道の出口の小店で売られる薄《すすき》の木菟《みみずく》を見付け、お佐紀とおこんに買い求めた。

鐘四郎は小茗荷《こみょうが》屋という名の料理屋に磬音を誘い、小座敷で酒を酌み交わした。

御会式のある十月中旬とは異なり、長閑《のどか》な鬼子母神界隈である。小茗荷屋にも客はちらほらいただけだ。

「師範の墓参のお蔭で、それがしもよきところに案内《あない》していただきました」

「そう言うてもらうと嬉しいぞ」

と応じた鐘四郎が、

「おれが依田家に婿養子に入ると、これまでのように佐々木道場に住み込むことはできぬ。となれば師範の後釜を見付けねばならぬが、坂崎、推挙する門弟はおらぬか」

と訊いてきた。

「先生はなんぞおっしゃっておられますか」

「いや、なにも触れられぬ」

「まずは先生のお気持ち次第にございましょう。師範の代わりはそうそうおられませぬ」

「そう言うてくれるのはそなたくらいであろう」

「師範はそれほどに大きいものです」

「そうかのう」

と答えた鐘四郎が、

「おおっ、うっかり忘れておった。今津屋から先生とおえい様に文が届き、おれの婿入りを賀した上に、なんぞ祝いをしたいがお許しいただけましょうかと丁寧な申し出があったそうだ。文にはさらに、こちらでは依田家の紋入りの継裃と羽織袴を誂《あつら》えようと考えております、とも書き添えられてあったそうな」

「先生のお許しがございましたか」

「先生もおえい様も、鐘四郎はなにも持たぬで、真に有難きお申し出かなと、依田家の家紋入りの衣服を仕立てることを願われた」

「それはようございましたね。依田様の御紋はなんでございますな」

「むくつけきおれには不釣合いの、丸に千鳥だ。えらく可愛い」

と苦笑いした。

「お似合いになります」

「それもこれも坂崎磐音という人物がおればこそ、天下の今津屋が祝言の品を贈ってくれるのだ。坂崎、礼を言う」

と鐘四郎に改まって頭を下げられ、慌てて磐音は座り直した。

二人が長閑な一時を過ごして小茗荷屋を出たのは宵闇の刻限だ。

再び鬼子母神の境内を抜けて神田上水へと下ることにした。

神保小路まではかなりの道のりだが、日頃から剣術の修行に明け暮れる二人にはなにほどのこともない距離だ。

鐘四郎は往路とは異なり、面影橋へ抜ける道を選んだ。

太田《おおた》道灌《どうかん》が雨に降られ、百姓家で蓑《みの》を借り受けようとしたところ、少女紅皿《べにざら》に山吹《やまぶき》の一枝を差し出され、不審に思いつつも屋敷に帰ったが、

「七重八重花は咲けども山吹のみのひとつだになきぞかなしき」

の古歌にかけた断りであったことに気付き、

「ああ、なんと歌道に暗きことよ」

と恥じて、以来、歌道に勤しんだという故事の橋だ。

辺りが暗くなったが、二人の足の運びは変わらない。前方からせせらぎの音が聞こえてきて、橋に差しかかると、一、二分咲きの桜花が流れに枝を差しかけていた。

「よい折りに面影橋を渡りましたね」

二人は橋の上で足を止めた。

流れの上に薄紅色の桜花が朧《おぼろ》に浮かんで、なんとも風情があった。

「紅皿が桜の一枝を差し出しそうな宵だぞ」

武骨者の鐘四郎には珍しい言葉を吐いたとき、橋の南側から、

どどっ

という足音が響いてきた。

磐音と鐘四郎が振り向くと、十数人の男たちが二人の行く手を塞ぐように姿を見せた。

浪人三、四人を含めた渡世人の一団で、竹槍《たけやり》を持つ三下奴《さんしたやっこ》もいた。

「美しい宵を壊す邪魔者が現れたが、坂崎、覚えがあるか」

「この界隈には馴染みがございません」

無言の男たちの間を割って、櫛巻きにした女と、裁《た》っ着《つ》け袴を穿《は》いて黒塗りの刀を差した壮年の男が立ち現れた。

「千代ではないか」

鐘四郎の幼馴染みのお千代だった。

「後藤助太郎どのもご一緒か」

壮年の裁っ着け袴が、お千代の亭主の元大御番与力後藤助太郎だろう。真桑瓜《まくわうり》のように長い顔の顎が前へしゃくれ、唇が厚ぼったかった。垂れ目の上に奥目で、眼差《まなざ》しが茫洋としていた。

「本多、そなた、佐々木玲圓道場の師範を務めているそうだな」

ぼそぼそとした口調で後藤が鐘四郎に問いかけた。

「だが、そのようなことはどうでもよい。過日、そなたにおれの知り合いが酷い目に遭わされた。治療代がかさみもしたが、それよりも面目を潰されたのが痛手だ。おれの稼業ではそれが一番困る。これからの渡世に差し障りがあるでな」

感情のこもらない乾いた口調で囁くように言う。

「内藤新宿の戻り道、待ち伏せしていたのは顎長《あごなが》様、そなたの関わりの者にございます」

後藤助太郎の渾名《あだな》か、鐘四郎が後藤をそう呼んだ。

「本多鐘四郎。この私に惚れながら手も触れなかったおまえが何十年ぶりに姿を見せたから、おかしな話だと思っていたら、なんだい、婿養子の話が持ち上がってるそうじゃないか。おまえは自分の幸せぶりをこのお千代様に見せつけに来たのかい」

お千代が、歳の離れた亭主のかたわらから言い出した。手には以前見たときと同じように長煙管《ながぎせる》を握っている。

「調べたとみえるな」

「ああ、調べたとも。ちょいと痛めつけてやろうと送った手下《てか》を散々な目に遭わせたんだ。あれで済むと思ったのかい」

「千代、そなたも世間の泥水をたっぷり飲んで、どうしようもないほどに根性が捩じ曲がったな」

「おおさ、綺麗ごとで世間を渡れるものか。おまえがその気なら、お市の顔を傷つけるくらいなんでもないんだよ」

「許せぬ」

鐘四郎の語調が急に険しくなった。

「与力の頃、うちの亭主が小野派一刀流の遣い手だったことを、思い出させてやろうと思ってね」

「思い出したぞ、千代。御長屋の道場で竹刀《しない》を振るう顎長様の勇姿をな」

後藤助太郎は鐘四郎の言葉に顎を撫でた。

「千代、ようもわれらがこの界隈にいることが分かったな」

「うちの人が、用で下落合村まで行っての帰り、おまえたちと擦れ違ったんだよ。おまえに散々な目に遭わされたときの提灯持ちが顔を見覚えていたんだよ」

「本住寺から鬼子母神に向かう道で辻駕籠に出合うたが、顎長様が乗っておったか」

鐘四郎が得心したように頷いた。

話を聞いていた浪人がそろりと前に出ると剣を抜き、渡世人たちが竹槍の穂先を鐘四郎に突き付けた。

「師範には後藤助太郎どのが待っておられます。雑魚《ざこ》はそれがしがお引き受けいたす」

磐音はいつもの礼儀正しさを捨て、挑発した。後藤に金子で雇われた野犬たちを自らに向けさせるためだ。

「鐘四郎の仲間だね。大口を叩きやがるよ」

お千代はそう言うと長煙管を振るい、

「おまえさん方、こやつに一番槍を突き入れた者には、五両の褒賞の上に好きな女郎をだれでもひと晩抱かせるよ」

と命じた。

「姐《あね》さん、今の言葉、忘れないでくんな。一番槍は新田の加吉《かきち》が貰った」

と叫ぶと、鐘四郎に突き付けていた竹槍の穂先を磐音に向け直しながら、自ら飛び込んでいった。

ふわり
と磐音は、穂先を回そうとした竹槍の柄に踏み込み、片手で竹槍を摑むと、逆手に捻り上げた。

新田の加吉の体が虚空でトンボを切って舞い、
どさり

と背中から橋の上に落ちた。
磐音の手に竹槍が残った。
尖った穂先を回して、竹尻を前にして構えた。これなら、突こうとどうしよう
と怪我の懸念は要らない。
「続いて参られよ」
「おのれ！」
浪人の一人が剣を八双《はっそう》から振り下ろして磐音に迫ってきた。
磐音の竹槍が迅速に動いて、浪人の鳩尾《みぞおち》を突き上げた。すると両足を大きく浮
かした浪人が背中から橋板に叩き付けられ、気絶した。
いずれも一瞬の早技だ。
「一同ご一緒に参られよ」
磐音の新たな挑発に、四、五人が一斉に突っ込んできた。
磐音の竹槍が突かれ、振るわれ、払われて、次々に倒れていった。
「残った者どもに言うておこうか。佐々木道場随一の剣客、居眠り剣法の遣い手
坂崎磐音だぞ。おまえらが束になっても敵うまいよ」
本多鐘四郎が告げ、磐音が今度は穂先を巡らして威嚇《いかく》した。

手練《てだ》れの技を見せ付けられ、残った浪人と三下奴が、倒れた仲間を見捨てて逃げ出した。

「おまえさん」

お千代が悲鳴を上げた。

「ちぇっ！　頼み甲斐のねえ野郎どもだぜ」

と顎を撫でたのは後藤助太郎だ。

「後藤どの、おやめにならぬか」

と磐音が竹槍を投げ捨てながら言った。

「この期《ご》に及んでそうも参るまい」

後藤の言葉に、本多鐘四郎が橋上から後藤の待つ向こう岸へと渡った。

磐音も移動した。

「顎長様、斬り合いになればただでは済みませぬ」

鐘四郎も後藤の心変わりを願った。

「本多、おれが御長屋の道場で木刀を振るっていた頃、おまえはまだ洟垂《はなた》れ小僧だったな」

「あれから二十数年が過ぎております」

「見せてもらおう」

二人は一間の間合いで睨み合っていた。

二人が対峙する南側にお千代が、そして北側に磐音が控えて、戦いの推移を見守っていた。

ゆるゆるとした時が、対決する二人の間に流れていく。

「おまえさん、殺《や》っておしまい！」

お千代の言葉で不動の戦いが動いた。

後藤助太郎が抜き打ちを見せながら、本多鐘四郎に迫った。

鐘四郎もまた柄《つか》に手をかけると電撃の速さで鞘走《さやばし》らせながら踏み込んだ。

二つの剣が円弧を描き、

ちゃりん

と虚空で火花を散らした。

二人は刃《やいば》と刃を交わらせ、間近で睨み合った。

力と力で鬩《せめ》ぎあい、鎬《しのぎ》を削った。

技では後藤に一日《いちじつ》の長《ちょう》があった。だが、力では鐘四郎が勝っていた。

力勝負を嫌った後藤が、

ぱあっ
と間合いを取るために飛び下がった。
鐘四郎はそのことを存分に察知し、後藤の動きに合わせて踏み込むや、
すいっ
と刃を後藤の手首に伸ばした。
あっ！
後藤の悲鳴が上がった。
手首の腱《けん》が斬り放たれたのだ。
「おまえさん！」
お千代が絶叫した。
だらり
と右手首が垂れて刀が落ちた。
「勝負ござった」
磐音が宣告し、鐘四郎が剣を引いた。
「千代、お市どのに手出しをしようなどと考えるでない。それがしが許さぬ」
鐘四郎が後藤に取り縋《すが》ったお千代に厳命し、

「坂崎、参ろう」

と言った。

三

この日、いつものように宮戸川の鰻割きの仕事を終え、丹波亀山藩の江戸屋敷道場に移動して朝稽古を済ませた磐音は、その足で神保小路に出向き、佐々木道場の増改築の模様を見に行った。すると、

「この陽気に桜も早七分咲きの様子ですね。例年より三、四日は早いかもしれません。玉川上水の土手に咲く桜の下で花見をやる連中が大騒ぎです」

と南町奉行所定廻り同心木下一郎太が小者の東吉を従えて姿を見せ、報告した。

佐々木道場にも隣屋敷の塀越しに老桜が見えて、薄紅色の花を見事に咲かせていた。

「御用繁多の折り、申し訳ございません」

と磐音は一郎太に詫びた。

高田村と源兵衛村を結ぶ面影橋の戦いから数日が流れていた。

「後藤助太郎と千代には、御番屋なんぞという屋号を食売旅籠《めしもりはたご》に使いやがって、旅籠の鑑札を取り上げてもよいのだぞ、と厳しく叱りおいてきました。もはや悪さを繰り返すことはないでしょう」

　磐音はさらに頭を下げた。

　無頼の者とつながりを持つ後藤助太郎とお千代がお市によからぬことを仕掛けぬよう、木下一郎太に相談したのだ。すると一郎太が、

「私が直《じか》に釘を刺しておきます」

　と縄張り外にも拘《かかわ》らず気軽に引き受けてくれたのだ。

「有難い、これで安心です」

「後藤助太郎は、本多どのに斬り放たれた手首の腱にがっくりしていましたよ。千代だけが、うちは被害を受けた側だと激昂《げっこう》していましたが、経緯を考えろ、理屈の分からぬことを言うようだと、鑑札を取り上げた上に内藤新宿から放逐いたすぞと再度脅すと、急にしゅんとなって、もはや手出しはいたしませんと一札入れました」

　と一郎太が苦笑いした。

「それにしても佐々木道場の師範と坂崎さんに刃向かうなど、身の程知らずもい

いところです」

と言葉を継いだ一郎太が、

「おお、だいぶ捗《はかど》りましたね。初夏には立派な道場が見られますね」

と屋根瓦《がわら》を葺《ふ》き始めた普請場を見上げた。

「先生と師範は依田家を訪ねておられます。依田家では仲人を決められたとかでとんとん拍子に話が進んでおりまして、改築完成が先か、師範の祝言が先かといったところです」

「依田家では早々に跡継ぎの顔が見たいのではありませんか」

「いかにもそのようです」

磐音は奥で辞去の挨拶をすると、一郎太とともに神保小路から両国西広小路の今津屋に下っていった。

一郎太が言うように、柳原土手《やなぎわらどて》の桜木が六、七分咲きの様相を見せ、露店の古着屋が軒を連ねていたが、今日ばかりは花見見物の客と変じていた。

土手では毛氈《もうせん》を敷き、花見見物と洒落《しやれ》込んでいる連中もいて、三味線の調べも聞こえた。

桜《はな》は上野か浅草か、はたまた飛鳥山《あすかやま》か墨堤《ぼくてい》か。

江戸に桜の名所は何箇所もあったが、柳原土手など手近で済ませる花見客もいて、この時期だけは奉行所もお目こぼしをしていた。

「本多どのといい桜といい、世は正に春爛漫《らんまん》の花盛りですね」

一郎太が眩しそうに土手の桜を見た。その視線がふいに険しいものに変わった。

「坂崎さん、ちょいと曰《いわ》く付きの野郎を見付けました」

一郎太の視線の先には、古着屋の軒先から花見客の様子を窺う男がいた。だれか知り合いでも見ているのか。

殺《そ》げた頰、月代《さかやき》にまばらに生えた頭髪、着流しの懐に手を入れてなにかを窺う様子は、狂犬そのものだ。その荒《すさ》んだ風貌と五体から危険なものが漂って、その男の周りだけ別の時間が流れているようだった。

一郎太は男に気取《けど》られぬよう古着屋の陰に身を潜めた。

磐音と東吉も従った。

「野州《やしゅう》無宿の烏川《からすがわ》の矢平次《やへいじ》、火付けの罪で一年半ほど前に島送りになった野郎です。それが先頃島抜けをしたと三宅島から知らせが入っておりました。荒波を乗り切り、江戸に舞い戻っていましたか」

一郎太らと矢平次の間には大勢の人々がいて、十数間の距離が開いていた。矢平次が町方同心の姿に気付き、刃物を振り回すようなら罪もない人に怪我を負わせることになる。

「火付けにしても、知らぬ存ぜぬを押し通した男です。私は殺しも一件や二件では済むまいと見ていました。今度捕まれば獄門間違いなし。それを承知の島抜けだけに、野郎を暴れさせたくはありません」

「木下どの、それがしが矢平次の背後に回り込みます。挟み撃ちにしましょう」

「お願いします」

一郎太は、一目瞭然《りょうぜん》だれが見てもすぐに分かる町奉行所同心の巻羽織に着流し、前帯には十手を覗かせていた。正面から接近するのは無理だった。

矢平次が一郎太に気付けば必死の抵抗をするだろう。

磐音は菅笠を被った着流しで、せいぜい部屋住みか浪人者の風体《ふうてい》だ。

桜の花に誘われて町に出てきた様子でぶらぶらと、矢平次の視線の先を外しながら回り込んだ。

その間に一郎太が、露天商の吊《つ》るした古着の単衣《ひとえ》や袷《あわせ》を利用しながら、矢平次に迫ろうとした。

磐音は、矢平次が見詰めているのが桜の下で三味線を弾く女だと気付いた。

歳の頃は二十三、四か、小粋な風体は芸を頼りに生きてきた暮らしを忍ばせた。かたちのよい横顔だったが、どこか一抹《いちまつ》の寂しさが漂っていた。それがなんとも男心を擽《くすぐ》った。

矢平次は想いを寄せる女に会いたくて命懸けの島抜けを企てたか。三味線を弾く女の視線が流れて、矢平次の目と絡んだ。女が、はっとして三味線を弾く撥《ばち》を一瞬止めた。

矢平次が女に頷き返し、再び撥が動き始めた。

花見客の一人が女に話しかけた。手には徳利と盃を握っている。職人衆の頭分《かしら》か、その目は明らかに女に関心を寄せる表情があった。

職人は女の口に盃を近付け、強引に飲ませようとした。

女は困った顔をしたが、三味線の手を休めることなく飲み干した。

その様子を矢平次が無表情に眺めていたが、ふいに辺りを気にしたように見回した。

ちょうど一郎太が古着の陰から姿を覗かせたところで、島抜けした男の痩身にびくりと衝撃が走り、舌打ちした矢平次が行動を起こそうとした。

周りには古着を買う客や花見の人が大勢いた。

一郎太のいる方角へ人込みを割って逃げるのは無謀と考えたか、あるいは女に未練を残したか、花見の場へと突進し、さらに女に酒を飲ませた職人風の頭分を蹴り倒し、女の手を引いて神田川へ逃れようとした。

磐音が矢平次の痩身に体当たりをくれると女との間を分けた。

矢平次は土手に転がったが、ぴょんと跳ね起き、身構えた。

その手には抜き身の匕首《あいくち》があった。

「鳥川の矢平次、島抜けして江戸に舞い戻ったとはいい度胸だ！」

という一郎太の啖呵が土手上から響き、

「くそったれが！」

という矢平次の罵り声が重なった。

「矢平次さん、逃げて！」

磐音の背後から切ない女の声がした。

矢平次は土手上の一郎太と、女の前に立ち塞がる磐音を交互に見た。咄嗟《とっさ》に心を定めたか、匕首を持つ拳《こぶし》に唾を吐きかけ、

「おゆき、待ってろよ」

と叫ぶと、神田川の流れへ土手を駆け下ろうとした。だが、その前に磐音が立ち塞がっていた。

「野郎、邪魔するねえ！」

匕首が磐音の眼前で閃き、体《たい》を開いた磐音は伸びてきた切っ先をすれすれに躱《かわ》すと、手首を摑んで逆手に捻り上げた。

矢平次の体が綺麗に桜の下で舞い、どさりと土手に叩き付けられた。

磐音の手には矢平次の匕首が残り、一郎太と東吉が矢平次の体の上に折り重なって捕り縄をかけようとした。

磐音とおゆきの視線が交わった。

憎しみの籠ったおゆきの瞳がぎらぎらと光り、磐音を睨んだ。

「許せ！」

磐音の言葉に、おゆきは唾を吐き捨てることで応えた。

その眼前に、先ほどおゆきに酒を無理強いした職人の親方がよろよろと立ち上がり、

「おゆき、一体全体どうしたんだ」

と間の抜けた問いを発した。

「親方、うちの人が島抜けしてきたんですよ」

「うちの人……」

親方が呆然とするところに、一郎太と東吉が矢平次を高手小手《たかてこて》に縛り上げ、立ち上がった。

「おゆき、おめえも番屋に付き合いねえ」

一郎太が命じ、おゆきが三味線を片付けると毛氈に立ち上がった。

磐音の目にはおゆきが急に何歳も老けたように思えた。

「行くぜ」

東吉が矢平次の捕り縄を持ち、一郎太がおゆきに従った。

「坂崎さん、お手柄でした」

「内藤新宿のお返しです」

柳原土手の雑踏で、磐音は近くの番屋に向かう一郎太と別れた。

半刻（一時間）後、磐音の姿は今津屋の店先にあった。おゆきの哀しみとも憎しみともつかぬ眼差しを忘れるために雑踏を歩き回っていたのだ。気持ちが落ち着いたところで今津屋に足を向けた。

「おや、坂崎様、過日の鬼子母神の木菟、お内儀様がたいそうお喜びでしたよ。ちょうど本多様の継裃と羽織袴ができあがったところで、呉服屋が先ほど届けてきました」

「また思いのほか早く仕立て上がったものですね」

「それはうちだからできる芸当よ」

と奥からおこんが姿を見せた。

「今津屋が三井越後屋に特別に頼んだものだもの。職人衆が何人も同時に働くんだから、さほど時間《とき》はかからないわ」

「お目出度いものですからなるべく早くと、旦那様もお内儀様も願われたのですよ」

と由蔵も言葉を添えた。

「坂崎さん、忙しいの」

「ひと汗かいたところだが、もはや汗も引いた」

「ひと汗って、なにがあったの」

おこんが案じ顔で磐音に訊いた。

磐音は柳原土手の突然の捕り物の経緯を二人に話した。

「なんと、この先でそんな騒ぎが。お手柄でしたな、坂崎様」

「手柄は木下どのです。よくも雑踏の中で矢平次に目を留められました」

「江戸から一人、危険な悪人が減ったわけですな」

おこんが磐音を見た。

「おゆきさんの目が忘れられないの」

「いや、相手がなにを考えているにせよ、こちらの都合のよいようにはいかぬものじゃ。それがしが、矢平次との束の間の逢瀬《おうせ》を邪魔したことだけは確かだからな」

「違うわ。坂崎さんは、老分さんがおっしゃったとおり江戸から悪人を一人退治したのよ。おゆきさんが坂崎さんを恨むなんて、逆恨みというものよ。定法《じょうほう》を犯した矢平次さんの罪は消えないもの」

「まあ、そうとは分かっているが」

と答えた磐音は、

「おこんさん、御用があるのではないかな」

「私の御用じゃないの。お内儀様は仕立て上がった継裃と羽織袴を一刻も早く本多様にお届けしたいとおっしゃるの。旦那様が行かれるのは大袈裟《おおげさ》だし、私ではこの御用は果たせないわ。坂崎さんに、お内儀様を佐々木道場まで案内してほしいの」

「お安い御用じゃ」

「なら奥に申し上げてくるわ」

おこんが再び店の奥に姿を消した。

「お内儀様も奥ばかりに籠っておっては、時に息が詰まるでしょうからな。旦那様のお勧めもあってのことなんですよ」

と由蔵が佐々木家訪問の裏事情を告げた。

「武骨者のそれがしで役が務まりますか」

「坂崎様はうちでは絶大な信用がございます。これ以上うってつけのお方はおられません」

と由蔵が言い、

「宮松、駕籠伊勢《いせ》まで走り、駕籠を頼んできておくれ」

と命じた。

お佐紀は、待ち受けていた駕籠に仕立て上がったばかりの祝いの品を乗せ、自らは歩いていきたいと望んだ。

案内役は磐音で、供にはおそめが従うことになった。

「いいこと、お内儀様にちゃんと最後まで従うのよ」

とおこんが身辺多忙な磐音に釘を刺した。

「ご懸念には及ばぬ。お佐紀どのとおそめちゃんは無事に店まで連れ戻る」

と約定した磐音は、先ほど歩いた神保小路への道を再び辿ることになった。

「お武家様の坂崎様に案内役などお頼みして申し訳ございません」

「お佐紀どの、そのようなことを案じめさるな。それがし、かたちばかりとは申せ、今津屋の後見ですからな」

「江戸に出てきて、なかなか外に出る機会もございません。小田原にいた時分は勝手にふらふらと出歩いていたのですが、こちらではそうも参りません。そのせいでつい鬱々としていたのでしょうか。旦那様がよい機会だからとお勧めくださったのです」

「よいお考えです。奥にお籠りばかりでは、たれしも気鬱になります。これからはどんどん御用を作られ、外出をなさることです」

磐音の言葉にお佐紀が、

「近々、深川に案内していただけませんか」

と言い出した。

「お安い御用ですが、なにかございますので」

昼下がり、桜の花に誘われて出てきたか、柳原土手は先ほどより混雑していた。

磐音とお佐紀が肩を並べ、その後に駕籠が従い、駕籠のかたわらにおそめが従った。

「おそめが江三郎親方のもとへ修業に出る日が近付きました。それでおそめと話し合ったことがございます」

「ほう、どのようなことで」

「私が小田原から嫁いできたとき、うちにいた女衆を連れて参りました」

「ほどなく小田原にお戻しになられましたな」

「旦那様は一人くらい気心の知れた者を置いておけと言われましたが、私は小田原のことを早く忘れるためにも手元に残すまいと帰したのです」

磐音はお佐紀の決意を潔いと思った。同時に、気も抜けぬ境遇に自らを置いたお佐紀の身を案じてもいた。

「短い間ですが、おそめはよく務めてくれました、手放さずに済むものならと思いました。ですが、おそめには夢がありました」

「いかにも」

「坂崎様、おそめには二つ年下の妹がいるというではございませんか」

磐音は後ろから従うおそめを見て、

「おはつ、おはつちゃんだったかな」

「はい、はつにございます」

「おはつちゃんは奉公を望んでおるのかな」

「うちは貧乏の子沢山です、はつもそろそろ奉公を考える歳に差しかかっております。なら今津屋様のような大店《おおだな》でしっかりと奉公させてもらうのがよいかと考えました」

「おはつちゃんはこのことを承知か」

「いえ、知りません」

と答えたおそめは、

「旦那様とお内儀様のお許しで、江三郎親方に弟子入りする前にひと晩お暇をいただくことになりました。その折り、話してみようと考えております」

とおそめは答えた。

一行はすでに柳原土手を抜けて、屋敷町に差しかかっていた。

「もしお父っつぁんとおっ母さんが得心するなら、はつとも話し、旦那様とお内儀様にお願いしようかと考えておりました」

「それがしになんぞできることはあるかな、おそめちゃん」

「おこんさんもうちに話してくれるそうです。その折りはよろしくお願い申します」

頷く磐音にお佐紀が、

「話が決まれば私もおそめの両親に頼みに参ります」

「坂崎様、今津屋のお内儀様にお訪ねいただくような長屋じゃございません。そのことをお内儀様に説明してくださいませ。それに、奉公する者が奉公先に頼みに行くのが筋です。今津屋のお内儀様が裏長屋にいらしたのでは、あの界隈が大騒ぎになります」

「おそめ、私はおこんさんが生まれ育ち、坂崎様が未だお暮らしになる深川が知りたいのです」

とお佐紀は平然としたものだ。

「少し考えさせてください」

と磐音が言ったとき、佐々木道場の門前に到着していた。普請場には本多鐘四郎らがいて、職人衆の作業を見ていた。

「師範、今津屋のお内儀どのが祝いの品を持参なされましたよ」

磐音の言葉に鐘四郎が、

「お内儀直々とは、恐縮して穴があったら入りたいくらいじゃぞ」

と驚き、慌てて奥へ知らせに行った。

友の背がぴょんぴょんと跳ねて、喜びに溢れていた。それがなんとも磐音には嬉しかった。

四

おそめが今津屋を辞め、呉服町の縫箔屋に新たな奉公先を転ずる日がいよいよ近付き、おそめは一日だけ暇を貰って六間堀の唐傘《からかさ》長屋に戻る日がきた。

おそめは前の晩からそわそわしていたが、その日の朝、今津屋から頂戴した頂き物を両手に提げ、一年分の給金を懐に、おこんに伴われて両国橋を渡った。

「いよいよ新しい日が始まるわね」

この年、初めて差した日傘をくるくると回しながら、おこんが言った。

「思いがけなくも楽しい日々にございました。おこんさん、改めてお礼を申します。今度の奉公先は職人の家にございます。一年楽をした分、厳しい修業が待ち受けていると覚悟はできております」

「おそめちゃんなら大丈夫よ。とにかく十年、歯を食いしばって、江三郎親方や兄弟子の技を覚えるのよ。礼儀作法は今津屋で十分すぎるほど身につけたものね」

「それもこれも坂崎様やおこんさんのお蔭です」

橋を渡り、両国東広小路を斜めに突っ切ろうとするといきなり、

「おこんさん、金兵衛長屋に里帰りかえ」

と声がかかった。

楊弓場《ようきゅうば》「金的銀的《きんてきぎんてき》」の主朝次《あるじあさじ》が朝湯の帰りか、濡れ手拭いを手に立っていた。

「あら、親方、私じゃないのよ。おそめちゃんが奉公替えするので、一日だけお暇を貰っておっ母さんのもとへ帰るところなの」

「なんだって、この娘がおそめちゃんか。驚いたぜ、深川の裏長屋の娘が垢抜《あかぬ》けて綺麗になったもんだ」

と眩しそうな目でおそめを見た。

「親方、ご無沙汰しております」

おそめが頭を下げた。

「幸吉がさ、この前、おそめちゃんが縫箔職人になりたい、きつい修業に耐えられるだろうかと案じていたが、やっぱり修業に出るのかい」

「はい。今津屋様に無理を申しました」

「おめえなら幸吉と違い、立派な職人になろうよ」

朝次が太鼓判を押し、

「おっ母さん方が首を長くして待ってるぜ。早く行きな」

と言葉をかけた。

二人は頭を下げると、まだ人通りが少ない広小路を抜け、竪川《たて》の河岸《かし》道を六間堀へと曲がった。すると朝には落ち着いていたおそめがまたそわそわしだした。

「おっ母さん方と会えると思うと落ち着かないわね」

「複雑なんです。身内と会いたい気持ちと、唐傘長屋のじめじめとした暮らしをまたひと晩でも経験しないといけないのかと思う気持ちが混ざって、ちょっぴり気持ちが沈んでしまいます。なんたってうちのお父っつぁんは、銭さえあれば酒と博奕に明け暮れ、おっ母さんと怒鳴りあう暮らしですから」

「深川の裏長屋はどこも同じようなものよね。だけど、おそめちゃん、忘れないでね。好きなところも嫌いなところも含めて、おそめちゃんを育ててくれたのはこの深川だってことをね」

「分かっています」

河岸道に植えられた柳の枝が風にそよぎ、六間堀北之橋詰が見えた。すると箒《ほうき》を手に宮戸川の前を掃除する体の幸吉が、おこんとおそめの姿を認めて、

「おそめちゃんだ！」

と叫んだ。

その声は朝のひと仕事、鰻割きを終えて鉄五郎親方と朝餉の膳を囲んでいた磐音らの耳にも届いた。

「戻ってきたか」

鉄五郎が箸を置き、磐音は残った味噌汁を急いで飲み終わると、膳に向かい合掌して表に出た。

橋向こうに、日傘を差したおこんとおそめが立っていた。

柳の木の下に立つ二人はまるで美人姉妹のお遣い風景のようで、香り立つ春に艶《あで》やかな点景を添えていた。

「一年、ご苦労だったな」

鉄五郎が労《ねぎら》い、おそめが、

「親方、お世話をかけました。これからがほんとうの修業にございます、惑うような時がございましたら、きついお叱りをお願い申します」

と挨拶した。

「その爪の垢を、どこぞのどなたさんに煎《せん》じて飲ませたいもんだ。おそめならなんの心配もあるめえ」

「親方、私だってだいぶましになりましたよね」

幸吉がかたわらから言い、

「まだ身に染みているとは言い難いな」

「親方、おそめちゃんの荷を持って、長屋まで送ってようございますか」

「まあ、今日は特別だ」

「有難《ありがて》え」

「ほれ、すぐそれだ」

と鉄五郎が呆れ、幸吉が箒を宮戸川の軒下の壁に立てかけると、

「おそめちゃん、風呂敷包みを貸しな」

と言った。するとおそめが、

「幸吉さん、親方の許しをちゃんと得てないわ。もう一度最初からお願いし直しなさい」

と注意した。

「えっ、そんな」

と言いながらも、

「親方、おそめちゃんを唐傘長屋まで送って参りとうございます。しばしお暇をいただけますか」

と頭を下げた。

「やればできるじゃない。奉公している間じゅう、そのことを忘れては駄目よ」

「ちえっ、深川に戻ってきたと思ったら、いきなり小言かい」

それでもおそめの手から風呂敷包みを受け取り、おこんに連れられた二人の幼馴染みは一時の幸せを嚙《か》み締めるよう肩を並べて、堀端を唐傘長屋に向かった。

「深川じゃあ、女がしっかりしていると所帯も落ち着くというが、おそめと幸吉もそんなふうだねえ、坂崎さん」

「二人の前には、これからも風雪の時が待ち受けておりましょう」

「違えねえ。だが、深川の生まれ長屋に戻ったときくらい、奉公のことは忘れさせたいものだねえ」

鉄五郎がしみじみと言った。

親方にも料理茶屋の長く厳しい修業時代があって、今や、深川風の鰻の蒲焼の工夫者の一人、

「深川鰻処宮戸川」

の名と味は江都の食通に知れ渡りつつあった。それだけに修業の厳しさ辛《つら》さは身を以《もっ》て知っていた。

「親方、それがしも本日は道場の稽古を終えて早々に深川に立ち戻ります」

磐音はその足で亀山藩松平家の佐々木仮道場に向かった。


丹波亀山藩松平家の道場ではいつにも増し、師範の本多鐘四郎が張り切って、松平辰平、重富利次郎ら若手の門弟たちに稽古を付けていた。

稽古の合間、磐音は佐々木玲圓と言葉を交わすときがあった。

「師範は格別に張り切っておられますな」

「気付いたか。仲人が西の丸御用人吹田《すいた》広靖《ひろやす》様に決まり、式の日取りも秋を目処《めど》

に調整しようということになっておってな」

「どうりで、稽古に力が入るはずにございます」

「依田家では新左衛門どのができるだけ早く隠居し、婿に入る鐘四郎と交代したいと願われてもおる。仲人も日取りも先方の望みじゃ」

「それほど切望されるとは、師範は幸せ者にございますな」

「坂崎、そなただけに伝えておこうか。依田家の婿に当道場の師範が決まったと聞き及ばれた西の丸様が、玲圓の門弟ならば人物に間違いはなかろうと仰せになったとか。有難いお言葉と、独り感激しておるところだ」

「家基様もご存じでしたか」

「西の丸は所帯がさほど大きゅうないゆえ、なんでも話は伝わるようじゃ」

「先生、師範を送り出すのは新道場と考えてようございますか」

「坂崎、それだ。なんぞ記念になる催しを考えてくれぬか」

「新道場完成と師範の引退を一緒に祝うてようございますか」

「いずれも佐々木道場にとって大事であり、慶事だ。一緒に祝うたとて不都合はなかろう」

「先生、改築が完成した祝いには、それなりのお客人をお招きすることになりましょうな」

「近隣にも迷惑をかけた。さらには建築費用のことで今津屋をはじめ、速水左近様ら高弟衆の力も借りた。なにしろ千両からかかる普請ゆえ、それがし一人の力ではどうにもならなかったことじゃ。祝いの席を設けて、共に完成を祝うてもらいたいと考えておる」

「いかにもさようでございます」

磐音はしばし考えた後、

「われら、武芸を志す者の芸はただ一つ、技量を披露する試合にございますが、いま一つ工夫が要ります」

「なんとか知恵を絞ってくれぬか」

「承知しました」

と磐音は返事をした。すると玲圓が続けた。

「本多の後釜も気になるが、うってつけの人材は大概奉公をしておるでな、すぐには決まるまい。こちらは当座不在でもよかろう。坂崎、それがしも気張るで、なにかと手伝うてくれ」

「師範の代わりは務められませんが、精々頑張ります」

うーむ
と頷いた玲圓が、

「技量、人物、経験に抜きん出た者に一人だけ心当たりはあるが、佐々木道場が独占するわけにはいかぬでな。おこんさんにも今津屋にも豊後関前藩にも、さらには幕府にもお叱りを受けよう」

と呟いた。

磐音は師の呟きが聞こえぬふりをした。

稽古が終わり、玲圓が自宅に引き上げた後、磐音ら佐々木道場の門弟と松平家の家臣たちは相協力して道場を拭《ふ》き清め、磐音らはいつものように普請場を見に行った。

すでに増築した部分の屋根には瓦が葺かれ、一段と大きく高く風格を増した道場の外観が見られるようになっていた。漆喰《しっくい》を塗る壁職人を別にして、大工ら職人衆は内部の造作に取りかかっていた。

「坂崎、先生と長いこと話していたが、なんぞ相談ごとであったか」

鐘四郎が気にして訊いた。

「いえ、師範とお市どのの祝言の日取りと仲人が決まったことなどを、先生から聞かされておりました」

「それだ。依田家が急いでおられてな、おれは婿に入った途端、西の丸に奉公させられそうな勢いだぞ。これまでのように汗臭い稽古着で辰平らと馬鹿話もできまいな」

「次の将軍家におなりになる家基様の御側《おそば》近くに奉公なさるのです。そう気張られることもありませんが、これまでのように気軽にはいきますまい」

二人の会話を聞いていた辰平が、

「私ならいくら婿入りとはいえ、すぐに奉公は嫌ですね。屋敷の兄者《あにじゃ》らを見ていると、しかつめらしい顔で御城に上がり、へとへとに気疲れして下がってこられる。いったいなんの仕事をなさっているのだか。師範、奉公はそう根を詰めてなさらないほうがいいですよ」

「馬鹿をぬかせ。手を抜く奉公などあるものか」

「そうですかねえ。奉公は目立たず出しゃばらず、さりとて遺漏なく遅滞なく、それが無事相勤める要諦《こつ》というのが、死んだ爺様の口癖でしたよ」

利次郎も口を添えた。

「そなたらの屋敷は大身旗本や大名江戸藩邸ゆえそれもよかろう。だが、おれが婿入りする依田家は幕臣でも三百七十石と慎ましやかゆえ、精々手を抜かず、頑張らねばなるまい」

「養子たるものがなにか、師範はまだ分かっておられませんね」

と辰平らに冷やかされても、鐘四郎はにこにこと幸せそうな顔をしていた。

「坂崎、一遊庵に昼飯でも食いに行かぬか、そなたらと膳を囲む機会もそうありそうにないからな」

「師範、本日は失礼させてもらいます」

「なぜだ」

「深川に急ぎ戻らねばなりません」

とおそめのことなどを話した。

「おそめは十六で縫箔の親方のもとへ修業に出るか。そのことに比べればおれの奉公など楽なものだな。おそめの心構えをこの本多鐘四郎も見習わねばならぬな」

鐘四郎は本心からおそめの決断を賞賛した。

「というわけでございます。本日は辰平どのらを一遊庵にお誘いください」

磐音の言葉に辰平や利次郎が、

わあっ
と歓声を上げ、鐘四郎が、
「こやつらの胃袋は計り知れぬからな。財布が保《も》つか」
と言いながらも嬉しそうな顔をした。

磐音が金兵衛長屋に戻り、木戸を潜ろうとすると、

「昼餉、まだでしょう。お父っつぁんと一緒にどうかしら」

というおこんの声がかかった。

「それは助かる」

磐音は長屋の木戸口からその足で金兵衛の家に上がった。

「おそめちゃんはどんな具合じゃ」

「帰る前はいろいろ言ってたけど、おきんさんの顔を見た途端、長屋の娘に戻って甘えていたわ。おそめちゃんはほんとうに賢い娘ね」

「あれほど利発な娘も知らぬな」

と答えた磐音は、

「おはつちゃんの今津屋奉公の話は進んだかかな」

とおそめの妹のことに触れた。

「おきんさんは一も二もなく賛成したわ」

「おはつちゃんはどう考えておる」

「姉のおそめちゃんから今津屋のことを聞いて、どうせ奉公に出るのなら姉ちゃんが可愛がられたお店に奉公したいと答えていたわ」

「それはなにより」

「厄介なのは父親《てておや》ね。こんな話を持ち出すと、飲み代欲しさに岡場所へ高く身売りさせようなんて考えかねないもの」

「まだこの話を兼吉《かねきち》どのは知らぬのだな」

「仕事に出ていて留守だったの。今晩一家で話し合うそうよ。これぱかりは他人が入らないほうがいいと思うの」

「いかにもさよう」

おこんが居間に膳を運んできた。

鰯《いわし》の煮付け、雪花菜《きらず》、早掘りの筍《たけのこ》の炊き込みご飯が並び、金兵衛と二人、膳を囲んだ。

磐音の帰りを待っていたふうのおこんは襷を外して姉《あね》さん被りを解くと、

「お店に戻らなきゃ」

と名残り惜しそうに言った。

「しばらく待ってくれぬか。送って参ろう」

「昼間だから、大丈夫。それより、なにもないと思うけどおそめちゃんのほう、よろしくお願いします」

「案ずるな。それがしが昼前までに今津屋に送って参るゆえな」

おこんが仏間に消えると、すぐに鈴《りん》の音が響いてきた。

一夜なにごともなく六間堀界隈の夜が更けていこうとしていた。そんな刻限、磐音の長屋に人影が立った。

「浪人さん」

幸吉の声だった。

磐音が戸を開けると訊いた。

「なんぞ出来《しゅったい》したか」

いや、と幸吉は顔を横に振った。

「唐傘長屋の木戸口でちっとばかりおそめちゃんと話をしてきたんだ。おはっちゃんのことだが、酒に酔って戻った兼吉さんは、自分抜きに話が進められるのに臍《へそ》を曲げて不貞寝《ふてね》したらしい。明日の朝、素面《しらふ》のときにもう一度頼むと言ってた」

「吉報を待つしかあるまい」

「明け方、おそめちゃんと新大橋際で会うんだ。そこで首尾を聞くことになってる。浪人さんも立ち会ってくんな」

「邪魔ではないか」

「おはつちゃんの奉公がかかってるんだぜ」

「いかにもさようであったな」

「おれは宮戸川に戻って親方に許しを得なきゃあ」

「すまぬが、それがしも少し遅れると伝えてくれぬか」

「承知したぜ」

幸吉が溝板《どぶいた》を踏んで木戸口へと姿を消した。

翌未明、磐音が御籾蔵《おもみぐら》の道から大川端に出ると、川面に薄霞《うすがすみ》が棚引いていた。

長さ百十六間の新大橋は、大川河口から二番目に架かる橋で、六間堀町から一番近かった。それだけに、この界隈の裏長屋で生まれ育った幸吉やおそめにはなにか思い出があるのだろう。

磐音が橋の袂に立ってふと流れを見下ろすと、川面に桜の花びらが浮いて花《はな》筏《いかだ》を創っていた。

そして、少し下流の船着場に三つの人影があった。

幸吉、おそめ、そして、おはつの三人だ。

磐音はおそめが手になにかを抱えているのを見た。紙で作ったお内裏《だいり》様とお雛《ひな》様を桟俵《さんだわら》の船に乗せ、流そうとしていた。

（雛流しか）

磐音は思い当たった。

古来、物忌《ものい》みに祓《はら》いをなし、形代《かたしろ》に穢《けが》れを移して、これを川へ流す。春三月初めの雅《みやび》な慣わしで、捨雛《すてびな》とも流し雛ともいう。

深川育ちの三人はだれから習ったか、手作りの雛を流して災厄《さいやく》を祓おうとしていた。

おそめから形代の雛を受け取った幸吉が流れに両足を入れ、腰を屈《かが》めて、流れに乗せようとした。

桜の花びらが漂い創る花筏の川面に、お雛様を乗せた桟俵の船がゆらりと浮かび、下流へと流れ始めた。

三人が祈るような眼差しで捨雛を見詰めている。捨雛には幼い男女の夢と希望も託されていた。

磐音も橋上からその光景を黙って眺めていた。ふいに幸吉の視線が辺りを見回すように見詰め、橋上の磐音に気付いた。

「浪人さんよ、おはつちゃんの今津屋奉公を、不承不承ながら兼吉さんが承知したぜ」

おそめとおはつが磐音に向かい、ぺこりと頭を下げた。

磐音は黙って頷き、雛に視線を移した。

捨雛は桜の花びらに囲まれながら、春霞の流れをゆらりゆらり海へと下っていった。

巻末付録

江戸よもやま話

職人――匠の技百景

文春文庫・磐音編集班 編

おそめが今津屋の奥向き女中奉公をやめ、縫箔《ぬいはく》職人を目指すために弟子入りすることが決まりました。宮戸川に奉公しつつ、伸び悩んでいた幸吉にとっても刺激になったよう。すこし大人になった彼らを温かく見守る磐音が印象的でした。

まだ幼い時分から親元を離れて弟子入りし、修業に励み、自らの腕一本で生きていく。今回は、職人の世界を覗いてみましょう。

突然ですが問題です！　三四五ページの絵には、様々な職人が描かれています。いったい何を仕事とする職人なのでしょうか？

① ［　？　］
捻り鉢巻に袢纏、股引の粋な男／『士農工商之内』

③ ［　？　］
鋸で材木を加工。製材の専門職／『宝船桂帆柱』

④ ［　？　］
木槌片手に作っているのは襖？／『宝船桂帆柱』

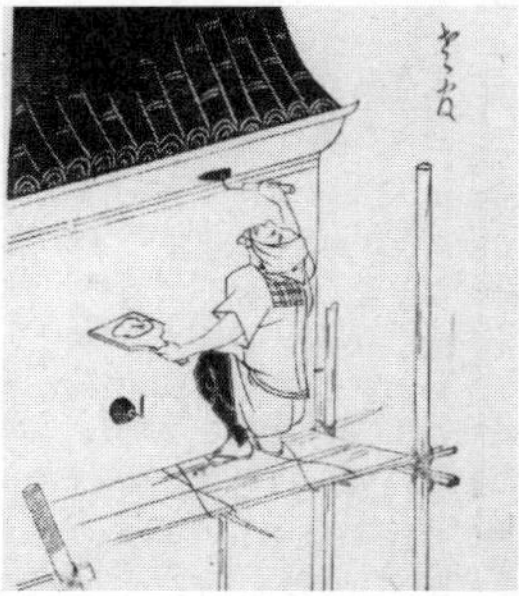

② ［　？　］
鏝を使って壁に漆喰を塗る／『江戸職人歌合』

すべて国立国会図書館蔵

まずは、言わずもがな、職人の花形①「大工」です（以下、図版番号と対応）。他の絵の職人たちに比べても明らかにイケメンですよね。大工は番匠《ばんしょう》とも呼ばれ、収入も多い人気職業でした。というのも、江戸は計画的に造られたため、江戸時代の最初から多数の大工が必要であったこと、さらに頻繁に大火事に見舞われるため、大工は引っ張りだこだったからです。

もちろん、大工だけでは家は建ちません。大工の棟梁《とうりょう》が仕事を請け負うと、多数の職人を手配して工事を進めていきます（当然、棟梁は手当のピンハネも行います）。大工と人気を分けたのが「華の三職」と呼ばれた、「鳶《とび》」と②「左官《さかん》」でした。鳶職人は、建築現場の基礎工事を担当し、地盤を固めたり足場を組みます。左官は、建物の壁全体に鏝《こて》で漆喰《しっくい》を塗ります。この漆喰仕上げの出来映えが、建物の耐久性や居住性を左右するため、重要な仕事でした。

これに加えて、材木を鋸《のこぎり》で切り、板や垂木《たるき》の角材に加工する③「木挽《こびき》」や、障子・襖《ふすま》の骨・欄間《らんま》・格子などを現場で作る④「建具師《たてぐし》」、瓦師、瓦葺師、畳師など様々な職人が参加していました。

江戸時代後半、番付形式で職人をランキングした「諸職人大番附」によると、最高位の大関が「番匠大工」と「刀鍛治」、関脇が「壁塗左官」「家根葺」、小結が「舟大工」

「橋大工」、前頭に「畳職人」「建具師」などと続き、家の建築に関わる職人が人気だったことが分かります。

そんな憧れの大工、気になるのは高いといわれる給料。文政年間《ぶんせいねんかん》（一八一八〜三〇）、棟梁ではない普通の大工の収入と支出を公開しましょう（『文政年間漫録《まんろく》』による）。夫婦二人と子ども一人の三人家族で、通貨の交換レートは、幕府公定の金一両＝銀六十匁《もんめ》、銀一匁＝銭百八文とします。

【収入】一日当たり銀五匁四分（飯米料一匁二分を含む）×実働年二百九十四日＝一年で銀一貫五百八十七匁六分（＝金約二十六両／銭百七十一貫四百六十文）

【支出】一年で銀一貫五百十四匁

内訳は、店賃《たなちん》（長屋家賃）銀百二十匁／食費・調味料・薪炭代など 銀一貫五十四匁／道具・家具代 銀百二十匁／衣服代 銀百二十匁／交際費 銀百二十匁

【残高】銀七十三匁六分（＝金約一両／銭七貫九百五十文）

比較までに、その日暮らしとされる棒手振《ぼてふ》りの年間収支は、収入が銭で百四十貫八百文（＝金約二十二両／銀一貫三百三匁七分）、支出が一年で百三十貫文、残高十貫八百文（＝金約二両／銀百匁）との記載があります。両者は収入こそ四両ほどの差があれど、意

外にも棒手振りの方が残金に余裕があったようです。ただ、飢饉などの不測の事態に備えるには、決して十分な金額とは思えませんし、もとより〝宵越しの銭は持たない〟江戸の人ですから、蓄えるぐらいなら使ってしまったでしょう。

ちなみに、現在の価値ではどれほどになるのか、試算してみましょう。仮に現在の大工の日当を一万五千円とします。江戸時代には一両で二十三人の大工を雇えたとする史料があることから、一万五千円×二十三人分で、一両は三十四万五千円となります。さきの大工は年間二十六両の給与でしたから、年収は八百九十七万円となります。なかなかの高給取りと言えそうですが、一両の価値は、十八世紀、「米価で換算すると約六万円、大工の賃金で換算すると約三十五万円」（日本銀行金融研究所貨幣博物館HPより）とされ、現代のどの商品、何のサービスを基準にするかで異なります。あくまでもご参考まで。

閑話休題。大工などのように、自宅から職場へと出勤する職人を「出職《でしょく》」と呼んだのに対して、自宅の裏長屋を作業場にして日用品製作を行う職人を「居職《いじょく》」と言います。三四九ページの絵は居職の職人たちですが、どんな仕事かお分かりになりますか。

家の調度や日用品、装飾品の職人たちの登場です。

前述の建具師と似ていますが、箪笥《たんす》や戸棚、衝立《ついたて》、箱などを、釘を使わずに作り上げ

⑦ ？
桶の中の砥石で研ぐものは？／『和国諸職絵つくし』

⑤ ？
鉋や鑿で小型の木工品を作る／『今様職人尽歌合』

⑧ ？
背負っているものは!?／『近世流行商人狂哥絵図』

⑨ ？
固定した布に針を通して縫う／『絵本庭訓往来』

⑥ ？
金属加工には切箸を使う／『宝船桂帆柱』

⑤、⑨は『日本古典籍データセット』（国文学研究資料館蔵）他は国立国会図書館蔵

て寸法に合わせて鉋《かんな》をかけて寸法に合わせて鋸で切って材料とします。最も難しいのが継手と呼ばれる接合部分で、枘《ほぞ》（突起）と枘穴を正確に差し合わせなければなりません。ここに指物師としての技量が現れました。

るのが⑤「指物師《さしものし》」です。木目が美しく出る桑を乾燥させ、鉋《かんな》をかけて寸法に合わせて鋸で切って材料とします。最も難しいのが継手と呼ばれる接合部分で、枘《ほぞ》（突起）と枘穴を正確に差し合わせなければなりません。ここに指物師としての技量が現れました。

⑥「錺師《かざりし》」は、金属を加工して仏具や障子の引き手の金具などの装飾をする職人です。なかでも女性が身に着ける簪《かんざし》の細工にはセンスと技術が光りました。簪の材料に使われたのは主に真鍮《しんちゅう》です。真鍮の板を糸鋸で切り、曲げたり、ヤスリを掛けたり、彫ったりしながら、動植物の文様などを刻みます。金銀や珊瑚、べっ甲を用いた高価な簪に手が届かない長屋住まいの女性には、百文ほどの真鍮製が好まれたのでした。

武具を扱う職人もいます。⑦「研《と》ぎ師《し》」は、戦乱が絶え、実用品としてではなく工芸品としての価値が重んじられるようになった刀身を磨き上げます。鵜飼百助翁の声が聞こえるようです、家庭用の包丁や鋏を研ぐ職人は「研ぎ屋」、それとは一緒にしてくれるな、と。もっとも、商売として需要があったのは研ぎ屋だったようですが、研ぎ師は、武士の魂たる刀を研ぐことに誇りを持っていたのです。

少々変わり種の職人もご紹介しましょう。背中の何やら巨大な張り子のせいで、小柄な子どものように見える⑧の職人は、「唐辛子売り《とうがらしうり》」です。全長六尺（約百八十センチ）の張り子の中に、粉唐辛子の小袋を入れ、「とんとん唐がらし、ひりりとからいが山椒の粉、すはすはからいが胡椒の粉、七色唐がらし〜」と売り声を上げて売っていたそうです。今も昔も商売は目立つことが肝心のようです。
最後を飾るのは、おそめが弟子入りすることになった⑨「縫箔師」です。縫箔とは、衣服などの模様の加工に、刺繡《ししゅう》と摺箔《すりはく》を用いる技法のこと。極細の針で、組立ての枠に布の四方を張って、金銀糸で刺繡をする繊細な仕事です。おそめが最初に手掛けた縫箔作品は……物語の続きをお楽しみに。
職種や個人の能力によって異なりますが、職人の修業は厳しいものでした。数え十二、三歳で親方師匠のもとに弟子入り、家事などの雑用をこなしながら修業を続け、およそ十年かけて、ようやく独り立ちできました。苦労を重ねて身につけた匠の技が、江戸の人々の生活を支え、文化を担っていたのです。

【参考文献】

三谷一馬『江戸商売図絵』（中公文庫、一九九五年）
小野武雄『江戸物価事典』（新装版、展望社、二〇〇九年）
磯田道史監修『江戸の家計簿』（宝島社新書、二〇一七年）
『CGで甦る江戸庶民の暮らし』（小学館、二〇一八年）

文春文庫

捨《すて》雛《びな》ノ川《かわ》
居眠《いねむ》り磐音《いわね》（十八）決定版《けつていばん》

定価はカバーに表示してあります

2019年11月10日　第1刷

著　者　佐《さ》伯《えき》泰《やす》英《ひで》
発行者　花田朋子
発行所　株式会社　文藝春秋

東京都千代田区紀尾井町 3-23　〒102-8008
TEL　03・3265・1211㈹
文藝春秋ホームページ　http://www.bunshun.co.jp

落丁、乱丁本は、お手数ですが小社製作部宛お送り下さい。送料小社負担でお取替致します。

印刷製本・凸版印刷

Printed in Japan
ISBN978-4-16-791387-8